海を渡る蝶のように

福尾峯玉
Hogyoku Fukuo

幻冬舎MC

海を渡る蝶のように

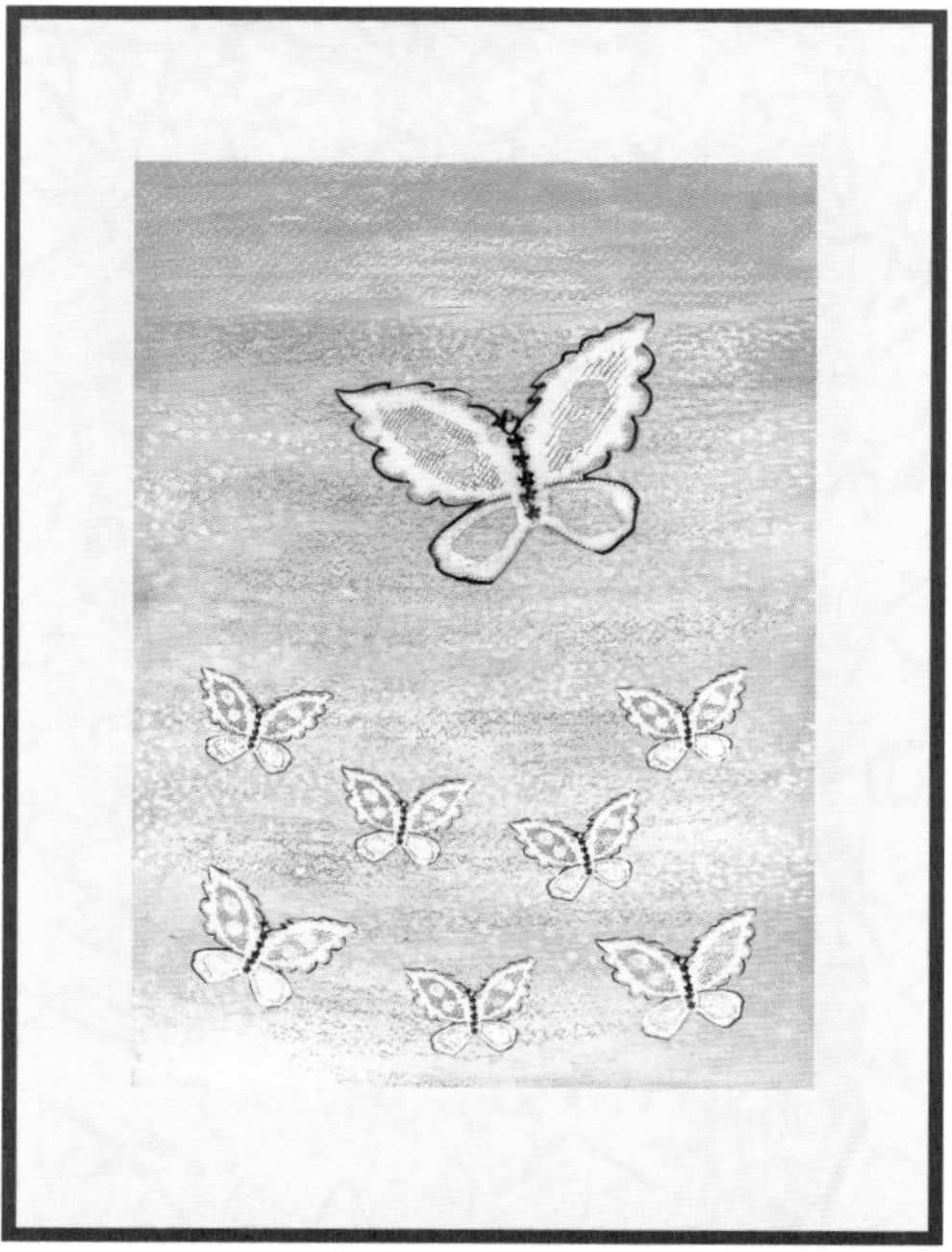

第一部　「海を渡る蝶」

初めて見る光景だった。

小山いっ子は色づいた山々の季節の移ろいを見ながら、日本海に向かって車を走らせていた。山あいの朝は露でしっとりとした風景を作っている。車は兵庫県北部の香美町の村岡から新温泉町に入った所を走っていた。

しばらくすると数十メートル先の道路脇に真っ赤な落ち葉が絨毯のように敷き詰められているのが見えてきた。そこに朝日があたっている。あまりにも落ち葉の赤が鮮やかだったので、いっ子は路肩に車を停めた。時計を見るとまだ九時だ。車を降りて外に出てみると、田舎の空気が落ち葉の鮮やかな赤をいっそう濃くして心地良く心に入ってくる。心が洗われるようだった。

「あれ？」

いっ子の目の前で何か白いものが複数ひらひらと舞った。目を細めて正体を探ろうとした瞬間に陽が陰り、その姿は見えなくなった。しばらくして陽が差すと、その白いものは陽炎のようにゆらゆらと、また舞い始めた。

よくよく目を凝らすと、それは蛾であった。落ち葉の上を舞うその姿は、まるでバレリーナが舞っているように優雅だった。普段は忌み嫌われる蛾にも、こんなに美しく見える舞台があったのか。いっ子は内心驚いた。その蛾は自然から掘り出した宝物のようにも感じた。ハンドバッグからスマホを取り出して調べてみると、その蛾は冬に姿を見せる「フユシャク」という蛾であることがわかった。

「これは良いネタになりそうだ」

インターネットラジオ局で「朗読のコーナー」を担当しているいっ子は、この蛾の話を放送することを決めた。いっ子の朗読は毎週月曜の午前零時に放送されている。

いっ子の朗読が流れるラジオ局は夕方六時から始まり、翌朝の六時まで放送されている。スタッフは大学生の男の子三人。サイト名は『ネットＯＮＧＡＫＵ』といって音楽をメインに有料で立ち上げた会員制のラジオ局であった。ラジオ局は無名の音楽家のＣＤも放送して応援していた。

そもそもなぜ、ごく普通の主婦であるいっ子（五十歳）が突然ネットラジオを聴くようになったのかというと、きっかけはいきつけのカフェで聴いたのが始まりだった。最初は単に物珍しさから興味を持っただけであった。

ネットラジオの三人は音楽の合間にリスナーの声を紹介していた。それを聴くのも「闇の仲間」とでもいうのか仲間を手にした意識が強くなった。いっ子は男三人の話だけだと味気ないと思える日もあったので、気まぐれにリスナーの声としてエッセイ的な原稿を書いて、それを朗読してCDで投稿したのだった。するとラジオ内でいっ子お手製の朗読CDの音声が放送され、好評を博したということで追加発注の相談メールが届き、いつの間にか若い男子学生スタッフ三人と一緒にネットラジオを放送する側に立っていたというわけである。

いっ子は先日の蛾の話を原稿にまとめ、朗読を自宅で録音して納品した。放送は今週月曜の午前零時に行われた。スタッフからの評判は上々で、いっ子は仕事を成し遂げられたことに安堵していた。朗読は開始からまだ三ヵ月が過ぎたところなのだ。

いっ子は駅構内にあるベーカリーショップに入店し、人気ナンバーワンのメニューであるパンケーキとコーヒーを買うと、それを手に二階の喫茶室に上がった。

喫茶室は薄暗く、客席を見渡すと、友人のミチルがハンバーガーを頬張っているのが目に入った。ミチルとは三時に待ち合わせしていたのだが、時間はまだ二時を少し回ったくらいだ。

(今日は早く仕事が終わったのかな?)

ホテルで清掃の仕事をしているミチルの職場の事情を少し想像しながら、いっ子はゆっくりと歩を進めた。

この時間帯はお客が少ないのか室内には空席が目立った。見渡すとパソコンを開いている人、書類を出して何やら書いている人、読書をしている人、あとは女性の二人連れだけだった。それとミチルが見えた。

いっ子が近づくと、ミチルは向かいの席を顎で指し、「どうぞ」とぶっきらぼうに言った。いっ子は、

「待った?」

と言いながら腰かけた。ミチルは、

「来たばかり」

と答えたが上の空だった。

ミチルの視線は二つほど先のテーブルの片側にいっていた。そこには、二十代だろうとおぼしき女性二人が並んで座っていた。向かいの席を空けているところを見ると、きっと誰かと待ち合わせをしているのだろう。ミチルはその二人に目を奪われているようだ。女性の一人は女性雑誌でよく目にするモデルに似た顔立ちをしていた。

いっ子の前に座っている小柄なミチルは、ピッタリした豹柄の長袖Tシャツにジーンズを組み合わせ、ボブのカツラをかぶっていた。似合っている――遠目には女性にしか見えないミチルであったが、実は肉体は男性のゲイであった。年齢はいっ子より十歳若い四十歳だ。

「ミーちゃん、今日も決まっているよ」

いっ子はミチルの目を引き戻すように言った。

ミチルは当たり前だと言わんばかりに親指を立てた。ミチルは笑顔で、

「ラジオ、聴いているよ。慣れてきたわね」

と言ってくれた。いっ子は嬉しくなり、

「ありがとう。私の朗読どう？」

コーヒーを飲みながら聞いた。

「深夜なんだから、ネタはもっと軽いほうが良くなあい？」

ミチルは歯に衣着せず本音を吐いた。ありがたいことだった。いっ子は、

「そうかもね、局の人に話してみるわ」

と言うと、ミチルは、

「でも蛾の話は良かったよ」

と褒めてくれた。

ミチルは残りのハンバーガーを口に押し込みつつも、二人の女性がまだ気になるらしく、目はそちらに向いたままだ。二人は何か熱心に話し込んでいた。先に来ていたミチルは二人の会話に耳を傾けていたのだろう。

二人の話し声は空気を震わせいっ子の耳に入ってくる。

「本当に私のパパ？」

強い口調だ。

「決まっているやないの。ママが言うんやから間違いない」

「わかった。言うとおりにする。でも、ごたごたは嫌やで」

「ちょっとだけの辛抱や。ちゃんとお芝居してや……」

二人は友人のように見えたのだが親子だった。ということは二人の歳は離れていることになる――年齢を読めなかった。

「親子でお芝居をするのかな」

いっ子は小さな声でミチルに言った。すると、ミチルは、

「いっ子ちゃんて、時々とんでもない勘違いをするよ。あの会話のどこがお芝居の話なの？」

鋭い目つきでミチルは言った。

いっ子は改めて母子の会話に耳を澄ました。

言われてみれば、芝居というのはなりすましという意味で、つまり、この母子は詐欺のようなことをしようとしているのかもしれない。

ミチルが顔を寄せてきて、

「子どもを利用する気かしら。蝶のように貴婦人を気取って、中身は毒蛾か」

とこぼした。いっ子はそれには答えず、

「聞こえるわよ」

とミチルを睨んだ。

やがて、親子の席に七十代であろう、長身で白髪の男がやって来た。男は上着とコーヒーの入ったカップを手に持ち、バッグを脇に挟んでいた。男の着ていたシャツは糊のきいたグレーの地にピンクの小花が散ったスタンドカラーで、ボタンを上から二つ外して粋に着こなしていた。身なりからすると、お金には不自由してないように見えた。

二人の前で立ち止まっていた男は、母親に座るように促され腰かけた。

母親は娘を男に紹介している。

「この子が僕の子どもだというの？」

男の声は静かだ。

「そうよ、あのときにできた子よ」

「ちょっと待ってよ。あのときの僕は確か還暦だったよ」

「六十でも、何もかも元気だったじゃない。さあ、パパに挨拶して」

母親は娘を促している。しかし、何も聞こえない。娘は挨拶をしなかったようだ。

妙な沈黙が流れていた。

母親はたまりかねたのか、

「この子、すごく人見知りする子で、驚いているのよ」

と言い訳を男にしている。

母親は続けて言った。

「今さら認知なんて言わないから安心して。あなたに迷惑を掛けたくなかったから、私一人で頑張ってきたのよ。でも……」

女は涙ぐんだ声に変わり、バッグから有名ブランドのデザインであろう蝶柄のハンカチを取り出し、目頭を押さえた。

男は周囲を見渡している。

「よしてくれよ。こんなところで泣かれると困るよ」

「困っているのは私たちよ。この子の将来を考えると眠れないわ。大学まで行かせてやりたいのよ。だから、少しだけ援助してほしいの」

母親は男に哀願している。男はお金の工面だと予測でもしていたのか、

「それはまあ、多少の援助は惜しみませんよ」

男は手持ちのバッグから長財布を取り出している。この場で現金を出しそうな勢いだ。

「ちょっと待って、あなたって、相変わらず頭が回らない人ね」

母親は身を乗り出して、それを制止している。

目尻を下げていたはずの男は、

「どういう意味だ……!?」

と財布を引っ込めている。

「ちょっと考えて、養育費が月々五万だとして、一年で六十万、娘は今、高校一年よ。大学卒業するまでには……六十かける二十二歳ではいくら？」

「ええと……」

男は答えない。

「もう、よそうよ」とでも言いたいのだろうか、娘はスマホを出している母親の手を押さえた。

母親はその手を払いのけ、スマホの電卓を使い、

「ほら、一千三百二十万よ。半端までとは言わないから……」

「そんな大金は……」

男の声はうろたえている。

「またまた、あなたほどの人がそんなこと言ってぇー」

人目も気にしない母親の態度にいっ子の目は丸くなった。

ミチルに目配せすると、ミチルは、

「母親があれでは、あの子もおそらくネットの出会い系サイトで、援助交際でもしているんじゃない？」

とつぶやいた。そう言えば……いつだったかテレビニュースでそんなことを報じていたの

を思い出した。

いっ子からは娘の姿が見えたが横顔しか見えなかった。

突然、黙って俯いていた娘が、こちらを見た。いっ子は慌ててパンケーキに手を持っていき口に入れた。口の中には蜜がとろけ甘さが広がった。

おそらく、娘はいっ子たちの視線に気がついたのだろう――興味を持ってしまったいっ子の耳は、話し声を遮れなくなってしまった。

「そんなことするかしら？」

「母親が詐欺まがいのことをしているのに止めるでもなく、結局片棒を担いでいるじゃない。男なんて金がなる木だと教育されているのよ」

「決めつけるもんじゃないわ」

「近頃の子はちゃっかりしていてしたたかよ。引っかかった世のオヤジたちが馬鹿を見ている。あの男みたいにね」

母親は立ち上がった。

「さあ、行きましょう」

「行こうって、どこに？」

「もう、とぼけちゃってぇー」

母親は甘えた声で男をぶつ真似をし、その直後に鬼の形相に変わった。

「銀行に決まっているでしょ！　さあ、早く」

男の腰は重そうだ。ようやく立ち上がると、女に追われるように階段を降りて行った。そのあとを、娘はとぼとぼついて行った。

ミチルはその後ろ姿を見て言った。

「あの調子だとオヤジ、ぼったくられるわね」

「でも、実の娘の手に渡るのがせめてもの救いよ」

「勘違いよ」

ミチルはため息混じりに呆れ顔をいっ子に向けた。

「それも勘違いだと言うの？」

ミチルはこう言った。

「考えてみてよ。お芝居をしたということは、実の娘ではないからでしょう」

なるほど、そりゃそうだ。それにしても高額だ。

「一千万以上もふんだくられることなんて、本当にあるのね。オレオレ詐欺ならぬ、クレクレ詐欺だわ」

「高額詐欺は珍しいことじゃないよ。出会い系サイトで女子高校生がオヤジを引っかけ、口止め料として十万、二十万と、ぼったくる事件だってあるのよ。まあ、これは詐欺というより恐喝だけどね」

「ミーちゃん、ずいぶん詳しいね」

いっ子が感心して言うと、ミチルは、

「実はここに書いてあったの」

と言ってバッグから週刊誌を取り出し、

「ラジオ朗読のヒントになるかもよ」

と差し出した。

週刊誌のページをめくると、そこには「女子高校生、お小遣い稼ぎに美人局。一千万円、荒稼ぎした子も」とあった。

ミチルは何を思ったのか、「あの母親みたいに、顔にお金を掛けておけば良かった」とつぶやいた。

「あの母親は整形顔だと言うの？」

「あれ、そう見えなかった？　顔の特徴が今売れているモデルに似てるでしょう？」

いっ子は「言われてみれば……」と思った。そう考えると確かに歳がはっきりしないことも納得できた。

「あれだけの良い顔していたら、男は寄って来るわよ。アタシも良い男が寄ってくるために、顔の整形を考えたことがあったのよね。でも、親がうるさくって。それに昔は手術代が高いから海外でしてくる人が多かったでしょ。アタシには海外にツテがなかったし、勇気もなかった」

「ミーちゃんはそんなことしなくても美人じゃない」

お世辞ではなかった。ミチルは社会貢献家としても有名な、世界の歌姫に似たハーフ顔をしていた。

「このたるみを上げて、良い男を寄せつけたいわ」

ミチルは顔に手を持っていった。

なんだ……ミチルはそんな思いで母親の顔を見ていたのか。

ミチルはスマホを手に取って時間を見た。

「アタシはそろそろ夜の仕事があるから帰る。あーあ、いっ子ちゃんのように、食べさせてくれる旦那を見つけるべきだったかな」

ミチルはそう言って立ち上がった。

いっ子の夫は単身赴任で海外にいる。ミチルは夜も居酒屋で働いていた。

いっ子は特に用事もなかったので店にとどまり、週刊誌のページをめくった。女子高校生が恐喝か。だが、乗る大人も乗る大人だ。いっ子は情けない気持ちで週刊誌を閉じた。

＊

一週間後。

夕方六時。いっ子はとある雑居ビルの八〇五号室を訪れた。窓の外は本降りの雨で、大粒の雨が窓ガラスを叩いていた。急に気温が下がり、冷たい雨の日となった。雨の雫が糸を引くように窓ガラスを流れ落ちていく。

室内に目を転じると、放送用のスタジオブースがあり、その前にあるミーティングテーブルには、若い男が腰かけていた。彼はこのビルのオーナーの息子であり、ネットラジオ局『ネットＯＮＧＡＫＵ』の主宰者、古林誠だった。彼らはビルの清掃をして家賃を賄っていた。それから学校に行った。

古林はパソコンでメールの整理をしていた。いっ子は古林の側まで行き、バッグから次週の朗読の音声を記録したＣＤを取り出した。ＣＤはスタジオ録音ではなく、いっ子自身が自宅で録音したものだ。古林は、

「いつもすみません」

と言って受け取った。

いっ子は古林と向き合う形でミーティングテーブルの椅子に座った。

「そろそろ番組が始まりますね」

いっ子が古林に言った直後に、パーソナリティの植田の切れの良い、低音がモニターから流れてきた。

「皆さん、こんばんは、ウィッキーこと植田祐司です。今日はあいにくの雨ですね。でも、雨はうっとうしいなんて言わせませんよ。それでは今日の一曲目、懐かしのオールディーズです。ＨＥＲＥ　ＷＥ　ＧＯ！」

曲は天候に合わせたのだろう。五十年代にジーン・ケリーがヒットさせた『雨に唄えば』だった。

「小山さん、そろそろパーソナリティをやれるのでは？　朗読も慣れてきたし」

古林は探るような口ぶりで聞いてきた。

「ダメダメ、まだ即興ではしゃべれない」

いっ子は派手に手を振った。古林は諦めたのか話を変えて、

「この前の蛾の話、なかなか良かったですよ。また、あんな感じでお願いしますね」

そう言いながら、番組に寄せられたリスナーからのメールをプリントアウトし、いっ子に手渡した。合計で二十通ほどあった。


――俺、朗読の時間に一息入れることにしています。蛾って醜いものだと思っていました。でも、美しく見せる場所があるって驚きです。（二浪中）

――私はとりえがない、いつも隅っこのほうにいる子です。工夫すれば蛾でも蝶のように

なれるのかな。（中学生のA子）

――会社を倒産させてしまって、今は無様な姿です。蛾の話を聞いて視点を変えてみようと勇気が出てきました。（ネットカフェの住民）

――子どもの頃、よく公園で会って話したおばさんがいます。小山いっ子さんの声はあのときのおばさんにそっくりです。というより、いっ子さんはあのときのおばさんですよね。私は小学二年生のとき、奈良のおばあちゃんのところに行き、おばさんとは会えなくなってしまったけど、今はまた神戸にいます。もうすぐ高校生です。（海を渡る蝶）

いっ子は最後のメールを読んだとき、最初は誰だかわからなかったが、「海を渡る蝶」というラジオネームを見て思い出した。もう随分前になるが、近くの公園に散歩に行くことが多かったいっ子が、そこでよく会った子だ。「海を渡る蝶」というのは、いつだったか、いっ子がその子に聞かせてあげた話だった。

いっ子はフィリピンのルソン島を旅したとき、「海を渡る蝶」を見たことが強く印象に残っていた。ルソン島周辺のある島に渡ったのだが、そこで一匹の白い蝶が海面で羽根を必死に羽ばたかせていたのである。いっ子は渡り蝶のアサギマダラのドキュメンタリー映画を観ていたので蝶の習性を知っていたが、実際にこの目で見たのは初めてだった。果てしないゴールに向かって、広い海原を渡るその姿はダイナミックであった。見知らぬ子ども相手に、目的があれば、あんな小さな蝶だって海を渡れるんだと、元気づけるために話したのだった。なぜそんな話をしたのかというと彼女に絶望を見たからだった――その話をしておかなければならない。

あのときの少女は不思議そうな顔をして、いっ子の話に聞き入っていた。

「公園で見る蝶は小さいよ」

公園には桜の花が満開だった。

「そうよ。私が見たのも、小さな白い一匹の蝶だったよ」

「壊れないの？」

「小さいからこそ壊れないのよ。力いっぱいひらひらと動いていたよ。こうやって」

いっ子は両手を広げ、蝶の真似をした。その瞳はいっ子を離さなかった。あどけない恐れを知らない瞳の奥は、キラキラと閃いているものがあった。

あのときは、自分の話がどれだけ伝わっていたのかわからなかったが、今改めて彼女の心の中に入っていてくれたことを知り、いっ子は嬉しさを覚えた。

一通りメールに目を通し終わった頃、

「ファンがついてきましたね。この調子です」と言い古林はブースの中に入った。

いっ子は胸を撫で下ろした。

いっ子はミーティングテーブルに座ったまま窓の外を見下ろした。あたりは暗く、こちらに向かう車はヘッドライトを、去っていく車はテールランプを灯していた。濡れた路面を照らすライトが色鮮やかだった。

あのときの少女がもう高校生になろうとしているのか。確か梨佳という名前で、「リカちゃん人形のリカちゃんだ」といっ子は言ったことを思い出す。いっ子は時の移り変わりの早さを思わずにはいられなかった。

リカと初めて会ったのは、いっ子がスーパーに買い物に行った帰りに公園で休んでいたときだった。

ブランコに座って休んでいたいっ子は、どこかの家族連れの姿をぼんやりと眺めていた。二十代に見える若い夫婦は、三歳ぐらいの男の子を連れていた。父親は走りまわる男の子を追いかけていた。その姿を母親は追いかけていたが、母親のほうがどう見ても年上だった。遊びに来ているママさんたちとはどこか違っていた。どこがどう違うとは、はっきりとは言えないがどこか家庭的でない雰囲気を持っていた。

男の子が滑り台に登ったときだった。幼稚園ぐらいの女の子が寄っていった。すると、父親と男の子は滑り台を離れ、鉄棒のほうへ移った。すると、また、女の子も鉄棒のほうへ行った。父子は女の子を避けているように見えたし、女の子が父子を追いかけているようにも見えた。父子は決して、その女の子を仲間に入れようとはしなかったが、女の子は執拗に追いかけていた。

いっ子は、あの子は、きっと一人っ子なんだろうな、それで見知らぬ家族とでも遊びたがっているんだろうな、そう思った。

しばらくするとリカがいっ子の横のブランコに来た。リカはブランコの板の上に立って、加速をつけて五、六回こぐとひと休みした。そこで、いっ子はリカに、

「齢はいくつ？」

と話しかけてみた。

「六歳」

「一人で来たの？」

リカは若い夫婦のほうを指差した。いっ子は思わず、

「うん？」

と声を出し、目を見開いた。あの家族とは他人ではなかったのか。いっ子はリカに、

「親戚の人？」

と聞くと、答えは意外なものだった。

「パパとママ、それと弟」

親子だったらしい。しかし、そう言われても親子には見えなかった。根拠はないが、若い

夫婦はどこかリカに距離をおいているように見えたのだ。

後日、公園に遊びに来ていたママさんたちから、ひそひそ話が聞こえてきた。

「今日も一人で遊んでいるよ」

「あの子、大人の顔色を見ているでしょう」

リカのことを指して言っていることは明らかだった。

「何でも、あの子は母親の連れ子らしいよ」

「実の父親が誰かもわからないのじゃない」

「若い男にお熱をあげて、あの子は必要ないらしい」

母親たちの会話に、男の子が、

「ママ、汚い子、来ているよ」

と告げ口した。「仲良くしてあげようね」の言葉はなかった。耳にしていたリカは何も感じないことはなかったはずだ。

どうやらリカは母親が何十人もの男と遊んだ果てのツケだったらしい。母親はリカに情が湧かず、父親も嫌々育てていたようだ。

いつだったか、さり気なく、いっ子はそのことをリカに聞いてみたことがあった。信じられないことに、リカは事実を知っていた。父親は出生の秘密を隠すどころか、ことあるごとに、「お前は他人だ」と言うとのことだった。

「つらいわね」

いっ子が慰めると、リカは健気にも言った。

「育ててもらっているだけでも、感謝しないと」

いっ子は、「偉いわね」と言ったものの、いくら考えても、六歳の子どもが言うセリフとは思えなかった。いつもそう言われているから、同じセリフが出てしまったのだろうか。

両親が、弟ばかりを可愛がることに不満はないかと聞いてみると、はっきり「ない」と言った。最初は母親に気を使って言っているのかと思ったが、どうも本気でそう思っているらしかった。こんな子どもを見たのは初めてだった。そんなことがあって以来、リカのことが気になって（どうしているのかな）と、ついつい公園に足が向いてしまうのだった。（あのとき、他人の私にはどうすることもできなかった）いっ子の心の底に深く沈んでいた記憶が、リカからのメールで呼び起こされることとなった。

リカが小学一年生になった頃、こんなこともあった。

今日みたいな雨の日だった。天気予報では雨から曇りのマークになっていたが、いっ子が夕方の五時頃公園を通りかかったときには、まだ小雨が降っていた。一人、ポツリと傘を差してブランコに乗っているリカの姿があった。

（家で嫌なことでもあったのかな？……）いっ子はそう思い、リカに向かって、「リカちゃん」と大声で呼んでみた。リカがいっ子のほうを向いたので、いっ子は差していた傘を持ち上げた。するとリカも小さな傘を持ち上げた。

いっ子はリカの側に行き、横の濡れたブランコに座った。リカは雨靴も履かずにいつもの運動靴だった。靴下に雨水が染み込んでいた。

「足は冷たくない?」

リカは首を振った。

いっ子もジーンズに雨水が染みてお尻が冷たくなっていた。しかし、そんなことは気にしない。

「海を渡る蝶は雨の日はどうしているの?」

リカが急に問いかけてきた。いっ子は今までそんなことを考えていたのかと思うと、リカが不憫で心が痛くなった。おそらくリカぐらいの子どもの多くは、こんな日は暖かい部屋でテレビアニメでも観ているだろう。

「蝶はね、海の上で休むことができるのよ。海に流れている木に停まって休むこともするんだよ」

「ふーん」

リカは不思議そうな顔をしてから、

「小さいからできるのね」

と言った。いつだったか、そんな話をしたことがあった。それを覚えていてそう言ったのだろう。

「リカちゃんはどうやって海を渡るのかな?」

リカは、

「うーん」

首を傾げた。リカにはその質問はちょっと難しかったようだ。

「大きくなったら、何になりたいの?」

大人が子どもによくする質問に言い換えてみた。

「決まってない。でもやりたいことはあるよ」

いっ子は、

「どんなこと?」

と聞くと、リカは、

「ダンス」

と答えた。

「ダンス?」

ダンスでもクラシックダンス、ジャズダンス、社交ダンスといろいろあるが、リカは何のダンスに興味を持っているのか気になって聞き返した。

「真央ちゃんみたいなの」

「真央ちゃん？」

「スケートの真央ちゃん」

フィギュアスケートの浅田真央選手のことを言っているらしい。

「それだったら、スケート選手になりたいのね」

「違うよ。気持ち良いもん」

リカはそう言うと、傘を差したまま濡れた地面の上でくるくると身体を回転させた。リカの目にはフィギュアスケートとダンスの違いはよくわからなかった。

「ダンスが好きなんだ。習っていたのね」

リカは首を振る。「クラスの中で習っている子もいるよ。でも、私は図書館のＤＶＤ」

いっ子は感心した。図書館にＤＶＤを観るコーナーがあるのだろう。

「図書館によく行くのね」

「うん、学校から帰ると図書館に行く。休みの日も行くよ」

「図書館が好きなんだ」

リカは目を細め、

「絵本がたくさんあるから……」

と口を緩めた。そこでダンスのＤＶＤを見つけたのだろう。リカも習いたいはずだ。だけど、彼女の家庭環境ではとうてい無理な話なのだ。だから、リカはそんなことを一言も口にしない子だった。

その日、リカは傘を差したまま踊り続けた。いっ子はその姿に『シェルブールの雨傘』の古い映画のイメージが重なった。雨傘を差して行き交う街の風景はパステルカラーだった。まるで淡い優しい雨のスクリーンの中でリカは踊っているようだった。

間もなく雨は上がり、踊っている場面は変わった。顔を出した太陽はリカを染めた。

夕焼けの中で踊っているリカの姿を見ていると、いっ子はなんだか遠い未来に連れて行かれてしまったような、そんな気持ちになった。

いっ子はふと我に返った。今まで耳に入ってこなかったラジオ局の音楽が急に聞こえてきた。徳永英明が藤圭子の『夢は夜ひらく』をカバーして歌っていた。古い曲だった。十五、十六、十七、と私の人生暗かった……。

ハスキーボイスをゆるがせた音色は心にしみた。曲を聴きながら、またリカのことを思った。

「リカちゃんはダンスをしながら海を渡るんだ」

あのとき、いっ子は何気なくそう言ったのだった。

「そしたら、あたしは蝶や」

嬉しそうな、あどけない顔で……そんなことを言っていた。

そのリカが神戸に帰って来ている。そして、リカはいっ子を見つけている。

第一部　「海を渡る蝶」

長い間、もの思いにふけっていたら、外の雨は小降りになっていた。いっ子は腰を上げ、ブースの中の三人に軽く会釈をし、ラジオ局をあとにした。

＊

いっ子は、翌週もラジオ局に朗読のＣＤを届けに来た。時間が早かったのか、会えたのは古林だけだった。そのとき、古林からＷＥＢ掲示板の書き込みの束を渡された。古林は紙コップにコーヒーを二つ入れて、いっ子の前に一つを置いた。いっ子は小さく頭を下げた。

「急に多くなりましたね」

古林はコーヒーの香りを嗅ぎながら言った。

いっ子は古林に笑顔でうなずいた。

ありがたいことだった。誰かが朗読を聞いてくれて、何かを感じてくれたということが素直に嬉しかった。

いっ子は再び書き込みに目を落とした。


——私が奈良のおばあちゃんのところから神戸に帰ってきたのは訳があります。ママがおっちゃんと別れたからです。金づるをなくしたママは、昔、付き合っていた男から、「この子はあなたの子よ、養育費をちょうだい」と言って、お金を巻き上げるんです。ママの言い訳は、昔、悪いことされたお返しだって、あんたは心配しなくてもいいんだって。ママは私をプロのダンサーにしたいためやからと言って、私にその手伝いをさせます。やっぱり、嫌です……クラスの中にも同じようなことをしている子もいます。

この間の朗読で、蛾だって美しく見える舞台があるって、小山さんは話してくれました。だから、よけいに心が痛くなりました。

踊っているときの私は超幸せです……。（海を渡る蝶）

いっ子はこのメールを読み、驚いた。

昔、付き合っていた男からお金を巻き上げる。その手伝いをさせられる……この前、ベーカリーショップの二階で見かけた光景と同じだ。すると、あのとき、店にいた少女はリカちゃんだったのか……いっ子は記憶の中にあるリカの顔を思い浮かべてみた。（面影が似ていたな……あのときの娘はきっとリカちゃんなんだわ）いっ子はそう思ってしまった。それが悪かった。のちに、いっ子は大失敗をすることになる。

いっ子はあのときの母親の顔を思い出そうとした。だが、いくら思い出そうとしても出てこなかった。（綺麗な人で、誰かに似ていたのだが……。）考え込んでいるいっ子に、

「そのメールに何か?」

と古林が聞いてきた。

「ええ……」

「どうしたんですか?」

古林は気になるようだ。

「いえね、なんか引っかかるんです。この前の詐欺と」

いっ子は古林に喫茶店で見かけた詐欺の話をした。

「このメールの女の子が、詐欺をしていた母子の娘のほうじゃないかなと思って」

いっ子はその書き込みを古林に手渡した。目を通した古林は、

「この書き込みからすると、『海を渡る蝶』の子は母親に詐欺の片棒を担がされているようですね」

「母親がダンスのためやからと言ったとありますが、本当かどうかわかりません」

「そうですか……クラスの中にも詐欺か恐喝のようなことをやっている子がいて、関わっているのかな?」

「これって犯罪ですよね」

「相手の男性が自分の意志でお金を出したのなら、恐喝とは言えないな。しかし、『あのときの子よ』というのが嘘であるなら立派な詐欺になるよ」

いっ子は「リカはそんなことしない子だ」と断言したかったが、書き込みの内容を考える

と可能性は否定できなかった。

「警察に通報したほうがいいのかしら」

「警察に言っても、当の男性が被害届を出さなかったら立件できないでしょう。警察は状況を調べてから起訴するかどうか決めますから。おそらく、男性は母子と会ったこと自体否定するはずですよ。不倫ということなら公にするはずがないな」

古林の言うとおりだ。

「だとしたらどうすれば……」

いっ子は必死にリカの状況を想像した。もしかして、リカはいっ子に対して、何かして欲しいとサインを送ってきているのかもしれない。なんとなくそんな気がした。

「ただの愚痴じゃないような気がするのです」

古林はコーヒーカップに手を持っていき一口飲むと、椅子の背もたれに身体を預け、腕を組んだ。古林がいつも考えるときのポーズだ。古林は少し間をおいてから、

「小山さんはどうしたいの？」

いっ子の意見を訊いた。

「お母さんを捕まえてとっちめてやるわけにもいかないし……」

古林は一つ提案した。

「だったら、ラジオでその投稿を話題にしてみませんか。反響があれば、何かが変わるかも

しれませんよ」

いっ子は「なるほど」と合点して表情を明るくした。

「幼い頃から最悪の環境にいて、世間からは醜い、汚いと思われていても、それでも絶望せずに夢を見ている少女がいた。その頃から彼女はダンスが好きで、彼女の環境は今も変わらないがダンスに励んでいる。そんな話をすればいいですよね」

「そうです。似たような環境にいる子もいるだろうし……ついでに寄付を募ることも話してみてはどうですか？」

古林の提案は良いアイデアだと思った。だが事は重大である。朗読は実感を持って語らなければならない。そうなると、できればダンサーに取材したいところだ。だが、いまのところいっ子には取材できるダンサーの知り合いがいなかった。簡単な仕事ではないことを悟ったいっ子は、古林に対して、「ええ」という曖昧な返事しかできなかった。それを察したのか古林は、

「ダンサーだったら三ノ宮センター街で、夜遅くなると若者がウィンドウを利用して、ダンスの練習をしていますよ」

そう言われてみればいっ子も見たことがあった。

夜の九時。取材の準備を整えたいっ子は、ラジオ局から直行でダンサーのいる場所に向かった。

人通りがなくなった三ノ宮センター街に入った。両サイドのお店のシャッターは降ろされていた。アーケードの中には車が入り、荷物の出し入れなどをしていた。日中のざわめきとは違った裏方の顔であった。通りはまだ熱気が残っていて寒くはなかった。いっ子は以前、ダンスの練習をしていたのを見たことがあった銀行の前に行ってみた。

男性が一人踊っているのが見えた――リズムを取りながら優美に足と手をくねらせ、見事なダンスを披露している。男性は学生のようにも見えるし、社会人のようにも見えた。

練習に集中していて近寄りがたかった。眺めているいっ子の姿がウィンドウに映っていた。いっ子は踊る男性に「そこのおばさん邪魔だ。どいてくれよ」とでも言われそうな気がしたので、鏡になっているウィンドウの範囲から姿を引っ込めた。

彼は何度も何度も同じ振りを繰り返していた。こうして立ち止まって練習風景を見るのは初めてだ。今までは「踊っているな」と横目で通り過ぎていただけだった。

いっ子はダンスのことは何もわからなかったが、男性の技術がかなりレベルの高いものだということは感じ取れた。

声を掛けるタイミングはなかなかやってこなかった。「仕方がない」と、場所を変えようとしたとき、

「僕に何か？」

と男性が声を掛けてきた。

「ごめんなさいね、練習の邪魔をしてしまって」

いっ子はなぜ見ていたのかについて説明した。

「私、ネットラジオの朗読の担当でダンスの練習風景を取材しています」

「では、僕を取材に？」

「はい、休憩中だけで結構ですから、お話を伺いたいのです」

彼は汗を拭きながらＯＫをしてくれた。いっ子は持ち歩いているボイスレコーダーをオンにした。

「ダンスはいつから始められました？」

「子どもの頃からです」

「長いんですね。将来はプロになるおつもりなんですか？」

「自分はもう、プロです」

「えっ？」

いっ子は思わず耳を疑った。

「プロの方がどうしてここで？」

「ここではダメですか？」

「いえ……驚きました。プロの方だとスタジオとかで練習されるのでは？」

「スタジオなんて金がかかります」

いっ子は、「意外と地味なんだ」と思った。

「感動を与えるお仕事なのに、お金にならないのですか？」

「なりませんね。今の僕は……」

「ご活躍の場所は？」

「主に舞台です。たまに歌手のバックでも」

「その域に達するには相当の出費もあるのでしょう？」

「もちろんです……良い先生につくとかなり高いですよ」

「そうなんですね……。ところで、実はラジオのリスナーにプロのダンサーになりたい女の子がいるんです。その子は中学生なんですが、何かアドバイスがあれば教えてください」

「プロでもこうやって常に練習、練習ですよ。甘くないですよ。いくら努力したって収入に結びつかないし、ダンサーの寿命も短いですしね」

ダンサーについて何も知らないいっ子は、プロになると華やかな舞台が待ちうけ、すぐに収入に繋がるものだと思っていた。だが、どうやら実情はかなり厳しいもののようだ。

それでもリカはプロを目指して頑張っている。しかし現役のプロダンサーに厳しいことを言われると、リカを応援しているのが不安な気持ちになった。

ふと、いっ子の脳裏に海を渡っていた白い蝶の姿が浮かんだ――へこたれるとおしまいだ――そう思い直した。

男性は自分に言い聞かせているのか、「好きなことをやっているので、まあ、楽しいです」と言った。だから続けられるのだろう。爽快感は得られるけれど、収入に結びつかないというのが現実のようだ。現実は思うようにはいかないものだ。そこを乗り越え、何かに繋げる強さがなければならない。いっ子は男性を励ますつもりで、灯りのある銅ランプに目を移した。

「話は変わりますが、ここでは蛾を見ませんか?」

と訊いた。すると、男性は質問の意図がわからないというふうに首を傾げた。少し不愉快そうな顔を作り、

「夏になると銅ランプにぶつかっていく蛾は見ますよ。はたから見ると嫌な蛾でしょう」

声はむくれた響きだ。

いっ子は、とんちんかんな質問をしてしまったと思い、焦った。

どうやら彼は蛾にたとえられたと勘違いしたようだ……男性はこうも言った。

「届かないスポットの先にぶつかっている蛾の姿は滑稽に見えるのでしょう」

いっ子は大きく首をぶるぶると振り、

「そうじゃないんです。この間、冬の蛾が真っ赤な落ち葉の上で優雅に舞っていたのを見ましてね、とても素敵でした。蛾にも美しく見せる舞台があるのだ。そう思ったものですから、それを言いたかったのです」

いっ子は言い繕ったあと、

「すみません」

と頭を下げた。

「なるほど、そういうことだったのですか」

男性は声を出して笑った。

「僕にはアイツらが、蛾が無様な姿に見えないんですよ。アイツらが一晩中光に向かってぶつかっていく……そんな姿を見て僕も毎日毎晩ぶつかっているんです」

男性は気を取り直してくれた。

「そういえば、ある日、ふと、閃いたんです」

「何を？ですか」

いっ子は身を乗り出した。男性は、

「興味を持たれるかどうかわかりませんが、蛾のひらひらを手のひねりで真似る動きを考えたんです」

「手のひねりが素敵だったのはそういうことだったのですね。立派だわ」

男性は照れくさそうに頭を掻いた。嬉しそうだ。いっ子は、

「頑張ってね」

と励ました。彼には、きっと、言われるまでもない言葉だろう。それでも、頑張ってと強

く言いたかった。

「そうだ。お兄さんのお名前は？」

「うーん、今は秘密にしておきます。頑張っている僕の姿をどこかで見つけてください」

そう言うと男性はウィンドウに向かって歩き出した。いっ子は慌てて、

「お時間をさいてくださってありがとうございました」

と礼を言うと、もう彼のブーツは軽やかな響きを慣らしていた。石床に小さく響く。その姿にいっ子は「頑張って」ともう一度つぶやき、ボイスレコーダーをオフにした。

諦めなければ続くんだ。この駆け出しの私にだって言えることだ――いっ子はこのことを伝えなければと思った。

＊

深夜の取材から一週間後。

いっ子はラジオ局へと向かっていた。舗道は阪神・淡路大震災後から始まったイルミネーションのイベント、ルミナリエ開催中とあってか、まだ昼の三時だというのに人で溢れていた。もしかしたら、もう街は震災を知らない人のほうが多いのかもしれない。

この日は土曜日ということもあって人出は普段より多かった。

観光客は夕方六時から点灯するルミナリエ会場、元町の入口へと流れていた。いっ子はその流れに逆らって歩いていた。

そこにアゲハ蝶のようにひらひらと歩いてくる女子四人組の華やかな姿が目に入った。身体つきは幼いのに、化粧をしている四人は大人顔の美人揃いだ。彼女たちは女子高生？　いや、中学生かも知れない。その子たちは長い付けまつ毛を強調させ、ショートパンツから出た脚線美はファッション雑誌から飛び出したモデルのようだった。だが、その子たちが履いている高いヒールのブーツは履きなれてないのか、歩き方が不安定で不恰好だった。

すれ違いざま、いっ子は「あれ？」と、その中の一人の子を二度見した。先日ベーカリーショップの二階で見かけたリカだった。彼女はいっ子とすれ違っても知らん顔をしていた。気がつくと、いっ子は、彼女たちのあとをつけていた。

ＪＲ三宮駅や阪急三宮駅の山側に出ると、小さな広場がある。その広場は震災の跡地のまま開発が進んでないのか置きざりになっていた。週末の夕刻ともなると、路上ライブの歌声が数ヵ所から響き、ダンスをするグループやら、手品をする人やら……披露する人とそれを眺めている人で賑わっていた。彼女たちはその中に入った。

あと一週間も経つとクリスマスだというのに、暖かく穏やかな日が続いていた。暦が一ヵ月遅れているような気候だった。だが、陽が落ちる時間は暦のままだ。あたりはすでに夕闇が迫っている。

いっ子は彼女たちから死角になるベンチに腰かけた。バッグから薄いサングラスとニット帽子を取り出し、身につけた。そこから彼女たちの様子を窺った。

すると一人がベンチに座り、恥じらいもなく大股を広げたかと思ったら、ポケットから煙草を取り出して吸い始めた。

「杏子、禁煙したんじゃなかった?」

「菜々緒のようにいかない。ママが吸っているとついつい」

菜々緒が話を変えて杏子に言った。

「この前、サイトで引っかけたおっさんからいくらせしめたんや」

そんな会話にいっ子の目は丸くなる。

「一万円やで」

もう一人の子が、

「一万円? たったそれだけ?」

「ふざけてんねん。一万円しか持ってないのにこのピチピチの杏子様と寝るつもりやったで」

杏子という子は嘲笑っている。リカは頭を上下に動かしてリズムをとっていた。話を聞きながら音楽でも聴いているのだろう、両耳からイヤホンを外すと「マジ?」と言いながら笑いの輪に入った。彼女たちの笑い声は広がった。

「あ、電話」

菜々緒はポケットからスマホを取り出した。

「もしもし」

今までとはうって変わって可愛い声、まるでいたいけな少女のようだ。菜々緒はしきりにうなずいている。

「うん……うん、ユカリもすぐにおじさんと会いたいわ」

出会い系サイトでは、菜々緒はユカリという名で伝言を書いたらしい。菜々緒の電話は続く。

「おじさん、おいしいものご馳走してくれるって、わあ、ユカリ、超嬉しーい。えっ？　おじさんもユカリのこと食べたいって？　やだ、エッチ、うふっ、でもそれってアリかもよ。じゃあ、四時に駅前の公園でね。えっ、六時じゃないと来られないの？　ダメよ、それだと帰りが遅いってママに叱られちゃう。間とって五時はどう？……じゃあ、ユカリ、待っているから」

菜々緒は電話を切ると、

「何が『おじさん、狼になっちゃうかも』や、狼はこっちやで」

と毒づき、リカに向かって、

「ユカリの役を頼むね」

と指図していた。

やはりだ。リカは関わっていたのか。いっ子が知っていた子どもの頃のリカからは想像もつかないことだった。そのとき、いっ子はこれが何かの間違いだとは思わなかった。おそらく、こんなことをしているのは母親の影響でダンサーになるための手段の一つと考えたのだろうと思った。いっ子はその場に飛び出してリカをとっちめてやりたくなったが、もう少し様子を見てみようと気持ちを抑え、観察モードに切り替えた。

その「おじさん」は五時少し前にやってきた。

リカは一人でベンチに座り、おじさんとの目印なのか、膝の上に教科書を乗せている。残りの仲間は、路上ライブのほうに向きを変え、リカのほうを窺っている。

おじさんは黙ってリカの隣に座った。

「ユカリちゃん？」

おじさんは正面を向いたまま話し掛けている。

リカはうなずいた。

「初めまして、中条と言います」

リカは「そう」と言っただけで素っ気なかった。名前など必要ないらしい。

「それじゃ行く？」

リカの声は甘え声だ。

「その前に、一応、確認しておきたいんや」

「なあーに?」

リカは上目づかいに中条を見ている。

「おじさんは何ごともビジネスライクにいきたくてね。率直に聞くけど、いくら?」

リカは困った顔を作っている。

「ユカリは……エッチするのは、初めてやから……おじさんが初めての人ってことになるのよね」

「初ものなんだ」

中条は生唾を飲んだのか、声のトーンが違っていた。

「だからこれで、どう?」

リカは指を一本立てた。

「一万?」

リカは静かに首を振った。

「ああ」

中条が居ずまいを正し、

「初体験の相手をさせていただくんだもんな、十万はするよな。OK、契約成立だ」

中条は、君なら安いかもと言いながら、リカの肩を抱えた。リカも中条の腕を取り、

「ユカリ、おじさんみたいな余裕のある人、大好き。おじさんになら十万で処女をあげる」

リカは頬を中条の胸に埋めた。

「それじゃあ、行こうか」

二人が立ち上がると、隠れていた仲間の女子三人が姿を現した。

「ユカリ」

菜々緒が声を掛けた。ユカリと呼ばれたリカはさっと中条から離れた。

「何？　知り合い？」

中条はリカに訊いた。同時に三人が中条を取り囲んだ。見事な連携プレーだ。中条はぐるりと彼女たちを見回し、

「みんな美人揃いじゃないか」

と言った。菜々緒は、「買い春とは、豪勢やなあ」と食ってかかっている。すると一人の子が、中条の開いた胸ポケットから素早く手帳を抜き取った。映画やテレビドラマで見るシーンそのままだった。

「中条緑……これは奥さんかな。中条明日香……きっと娘さんや、三十前かな」

中条が手帳を奪い返した。中条は語気を強めて、

「何なんだ。お前ら、グループで何の真似だ」

「それが……」

　誰が言ったのかなめた口調だ。その口調はおもいきり叩きつけてやりたいようなゆるい球を出された気分だった。

「お前たち未成年なんだろう?」

　菜々緒はドスを利かして、

「おっさん、その言葉は反対やで。未成年相手に何してんねん……杏子、教えてやり」

　指名された杏子がスマホを取り出した。中条は画面を覗き込んだ。

「盗撮してたのか」

　中条の大きな声が響く。

　そこには、リカと腕を組み、鼻の下を伸ばした中条が写っているに違いない。

「おじさんになら十万で処女をあげる」という音声がスマホから流れた。

「どうするつもりだ」

　中条は完全に気合負けしている。菜々緒はいたぶるように、

「会社にばれればクビやで。ううん、そんなことより、娘さんは軽蔑するやろな。パパ、不潔よ、なーんてね」

　中条は観念したように再びベンチに腰を下ろした。ものわかりがいい。まだ手一つ握ったわけでもないのだから、冷静に考えれば冗談だったと開き直ることもできるのだが、すでに

中条はすっかり彼女たちの言いなりだ。

「いくら出せばいい？」

隣にいるリカは、

「こんな子たちにお金を出すのはやめて」

と言った。

その立派な演技にいっ子は驚いた。リカは逃げようとしたが、菜々緒に腕を取られて立ち止まった。

「学校に通報するで」

リカは泣き始めた。それは嘘泣きに違いなかった。見ているいっ子のほうが泣きたい気持ちになった。リカに裏切られたいっ子の歯はキリキリと歯ぎしりの音を立てた。

「五万出す。それで勘弁してくれ」

中条が言った。菜々緒はリカのほうに目を移して、ニコリともせず、

「おっさん、その子をいくらで買うつもりやった？」

と尋ねた。リカは小さな声で「十万」と答えた。

「けち臭！　その子を十万で買おうとしたんやろ、十万円出してよ。そしたら見逃してもらえで」

「わかった」

中条は財布を取り出した。それを菜々緒がすかさずもぎ取った。

陽はすでに落ちていたが、ここは周囲のイルミネーションに照らされて明るい。こんなにも明るいのに、広場に集まっている人たちは犯罪に気づかない。というより無関心と言ったほうが当たっていた。おそらく、周りの人たちには若い女の子たちとおじさんの戯言ぐらいにしか映ってないのだろう――広場はそれぞれが楽しみを邪魔されたくないといった雰囲気で支配されていた。

「ワオ！　一、二、……二十五万持ってるで、ヤッター」

「よせ、十万のはずやろ」

「おっさん、甘いんや」

と菜々緒は笑みを浮かべた。そして紙幣を全額抜き取ると、財布だけを投げ返した。

すべてが済み、彼女たちは公園から出ていこうとした。いっ子はその前に立ちはだかった。

「待ちなさい」

杏子がすかさず前に出た。

「何か用！　おばさん」

「あなたじゃないのよ。そっちの子よ」

いっ子はリカに向かって、

「ただの蛾じゃないの！　今のあなたは」

そう怒鳴っていた。自分でも驚くほどの迫力だった。怒鳴ると、いっ子の気持ちも少しは和らいだはずなのに、横から杏子が、

「おばさん、何訳のわからんこと口走ってるんや」

そのなめた口調にいっ子の目は吊り上がった。いっ子の迫力は衰えることなく、真剣な目でぴしゃりと払いのけた。

「あなたはダンスが好きな子ではなかったの?」

リカは何を言っているのかわからないという表情を作ったが、

「私、ダンスは好きや」

といっ子の迫力に押されたような形で答えた。

「どうしてそんなことやってるの。子どもの頃からの夢はどうなったの?」

いっ子がそう言ったとき、突然だった。たちの悪そうな若い男の二人連れが、いっ子たちの前に立ちはだかった。

「この人たちは何者、仲間?……」

戸惑っているいっ子を素早く一人の男が払いのけた。

「おばさん、邪魔せんといてくれや」

その力は強かった。いっ子はよろめいた。が、たまたま横を通り過ぎようとした男女の二人連れに、かろうじて受け止められた。もう一人の男は菜々緒に向かって、

「稼ぎはこっちに渡してもらおうか」

と、強面の声で言ってきた。菜々緒はその声に怖気づいている。彼女たちのシナリオにはない化学反応が起きた。援助交際の稼ぎを横取りするハゲタカが彼女たちを狙っていたのは想定外だった。勢いづいていた彼女たちだが、こうなると世間知らずな子どもにすぎなかった。

騒ぎに気づいた群衆が「何ごとだ！」と言わんばかりにこちらを見た。その目はいっ子には助け舟となった。こうなると腹が据わる。

「あなたたちは何なの⁉」

いっ子は声が出た。

側にいた中条は逃げてもいいはずなのに、意外にも冷静な様子だった。しかも、周囲を窺う余裕さえあった。そして中条はさっと手を挙げた。

いっ子が「何の合図？」と思った瞬間、いつの間に潜んでいたのか、私服刑事と思われる五、六人の男が現れ、ハゲタカたちを取り囲んでいた。

ハゲタカの男二人は素早くその場から逃走した。彼女たちも一斉に逃げ出したが高いヒールのブーツを履いていたためうまく走れず、あっという間に取り押さえられた。こんな場面はテレビドラマや映画で見飽きていたのに、いざ実際に直面するといっ子の身体は小刻みに震えた。

逃走した男二人は追いかけた刑事によって捕まった。

中条は、おとり捜査官だったのだ。どうやらターゲットにしていたのはハゲタカたちで、リカたち女子グループはハゲタカを釣るエサとして利用しただけだったようだ。中条は彼女たちに向かって、きつい声で言った。

「たちの悪い奴らに目を付けられたら一巻の終わりだぞ」

結局、リカたちは補導されていった。補導されていくリカに、いっ子は、

「蛾だって蝶のように輝くことができるのよ」

と声を掛けた。

リカは無視した。聞こえなかったのかと、いっ子はもう一度同じことを言った。

「私のこと蛾とか言わんといて！」

不愉快そうな顔をいっ子に向け、リカは連れて行かれた。

公園に残されたいっ子は呆然と立ちつくしたままになった。次第にいっ子の脈は落ち着いていったが、まとわりつくような寂しさは拭えなかった。

＊

ラジオ局に行くと、古林は開口一番、話し始めた。

「先日は災難でしたね」

リカたちが補導された一件は、その日のうちに報告してあった。

「まあまあ、そんなに落ち込まないで。禍福《かふく》はあざなえる縄のごとくというでしょう。きっと良いこともありますよ」

古林はなんだか余裕の表情だ。それが小憎たらしい。

「気休めは結構よ」

そう簡単に立ち直れるものではなかった。それでも古林は動じず、

「まあ、この書き込みでも読んで、気分を晴らしてよ」

いっ子は気が乗らなかったが、ミーティングテーブルに着き、書き込みを読み始めた。

古林は郵便物の整理にかかった。

――この三日間、私は東京にいて、ダンスのオーディションを受けていました。TVのコマーシャルのです。みんな上手で、自信は全然ありませんでした。

この前の朗読の影響か、リカと似たような子もいるもんだ、と思いながらいっ子は書き込みを読み進めていた。

……やりました！　受かりました！　いっ子さん、とうとう私は海を渡っていけます。嬉しい！　喜んでください。

（え？　海を渡っていく……）いっ子はラジオネームを見た。そこには「海を渡る蝶」と書かれてあった。

「どういうことですか、一昨日ならリカちゃんは補導されたはずなのに、ここには『この三日間、私は東京にいて』と書いてありますよ」

ハサミの音を立てていた古林は顔を上げニヤリとした。

「要するに、小山さんの勘違いだったんですよ」

「勘違い？」

「そう、補導された少女は、つまり、ラジオネーム『海を渡る蝶』さんではなかったわけですよ」

「まさか、あの子はリカちゃんではなかったと言うことですか？」

「そのまさかです」

いっ子が事態を飲み込むまで、しばらく時間がかかった。そのあとは、恥ずかしさで古林の顔をまともに見られなくなった。穴があれば入りたいぐらいだ。身体に力がはいらなくなったいっ子は机に突っ伏したままの姿勢になった。

「それから、寄付が届いてますよ」

古林が言った。

「えっ⁉」

いっ子が顔を上げると古林は札を数えていた。

「百万ありますよ」

いっ子の目は丸くなった。そういえばいっ子は寄付のことも朗読していたのだ。

「寄付の書き込みは三百通くらいきていましたよ」

そこには励ましの声がいっぱいだった。どれも「大した額ではありませんが」とあって、がんばれ！……がんばれ！……がんばれ！……海を渡る蝶さん、といった声が寄せられていた。まるで運動会の声援のように添え書きがしてあった。六十過ぎになるリカのおばあちゃんからも、「ようやくたどり着きましたよ。やれやれです。ありがとうございます」という書き込みがあった。

ありがたいことだった――いっ子の身体は自然に飛び跳ねていた。その姿を見て古林はにこやかに笑った。

「小山さん、朗読は成功でしたね」

古林はいっ子の肩を叩きブースの中に入って行った。いっ子は目頭が熱くなった。

リカはこんなことも書き込んでいた。

――ママとは話し合いました。

ママは目に涙を溜めて、私のこと不憫だと言いました。その言葉だけで十分です。ママがレッスンを受けさせてくれたことに今は感謝です。

雨の日、公園でブランコに乗っていたとき、「リカちゃんはダンスをしながら海を渡るんだ」といっ子さんが言ってくれました。つらいことがあるといつもその言葉を思い出しました。私のスタジオは誰もいなくなった駅構内のウィンドウでした。大きな窓ガラスで寒い日も暑い日も練習しました。オーディションは飲料のＴＶコマーシャルなんです。大勢の人が踊っています。その中に私も入っています。左端の三列目にいます。見つけてくれたら嬉しいです。（海を渡る蝶）

いつだったか、いっ子は「いっ子ちゃんは、時々とんでもない勘違いをするよ」とミチルに言われたことがあった。何はともあれ、勘違いで良かった――ホッとすると腰が抜けたようになってしまった。

「ふっふ……」

思わず笑いが出た。

考えてみれば……恵まれない環境で育ったリカは、図書館という居場所があった。そこでダンスのDVDを借りて練習していた。その頃から潜在的に目的地を目指していたのだろう。奈良のおばあちゃんに預けた母親の選択もリカにとっては良かったのだ——リカは小さな運を掴んだようだ。

＊

いっ子はリカの出ているTVコマーシャルを観るのが楽しみになっていた。最初はリカがどこにいるのか必死に探した。今では探さなくてもリカの姿を捕らえられる。リカの姿を見るたび、勘違いしたあの子たちはどうしているのか気になった。

気になっていると通じるものなのか、ミチルに「お茶をしよう」と誘われて例のベーカリーショップの二階に上がって行くと、あの子たち四人がミチルの近くに座っていた。四人はいっ子の顔を見ると立ち上がり頭を下げた。いっ子がリカと間違えた子がここに来ると会えると思って来たらしい。

彼女たちは家庭裁判所では説教だけで終わったようだ。

菜々緒が口を切って、

「私たちは、もう、あんなことはしません。誓います」

「私は遊んだ分、勉強頑張ります」

リカに似た子が言った。

「私も、私も、私も」

彼女たちは口を揃えた。

いっ子の頭の中は晴れてきた。

……落ち葉の鮮やかな赤、広い海原……蛾と蝶が目の前に浮かんでくる。彼女たちはそうやって、美しく見せる舞台を見つけるに違いない。これから、リカと同じように長い道のりの海を渡っていかなければならないのだ。

完

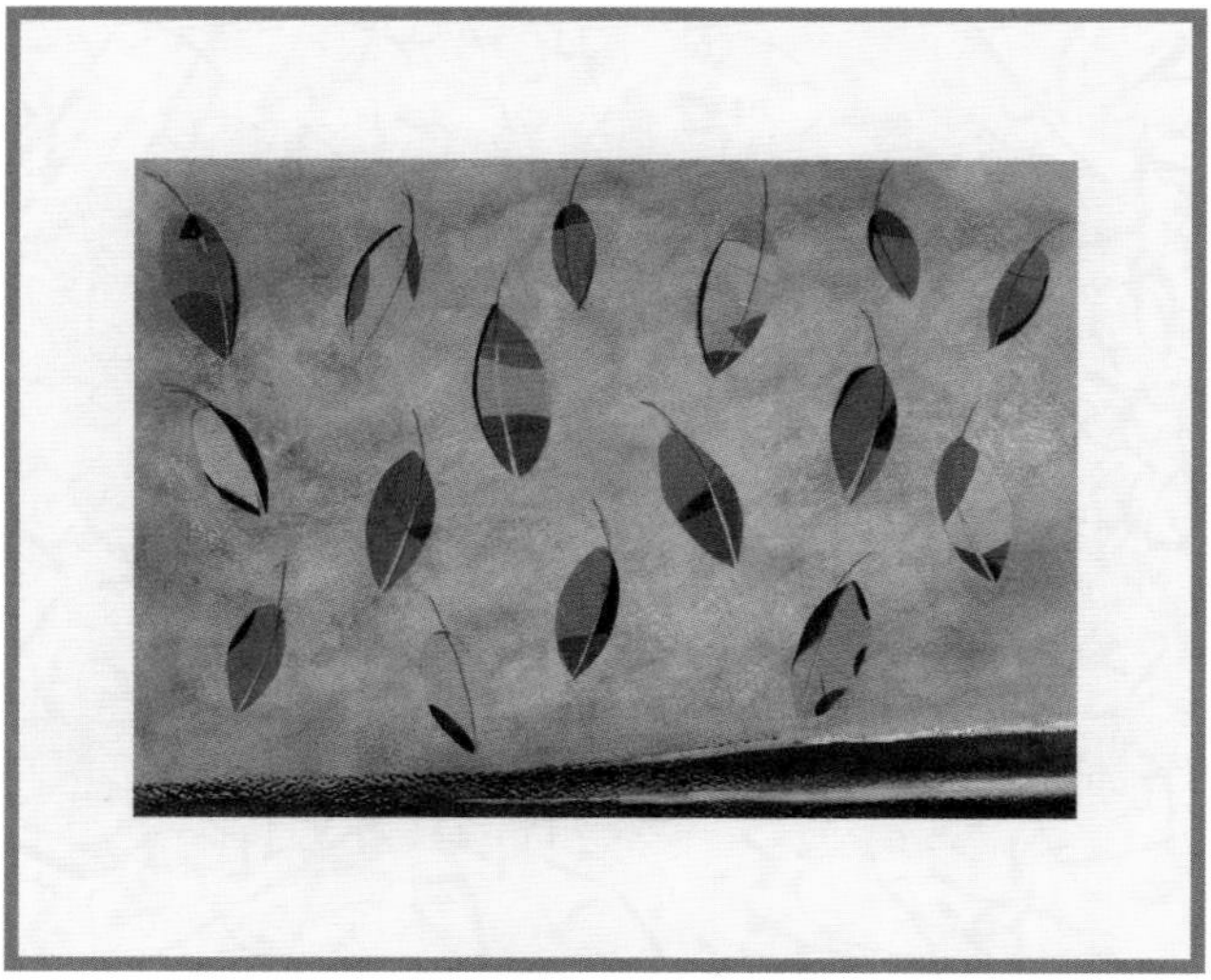

第二部　「騙され役」

閉店間際までミチルはスナックのカウンターに座っていたそうだ。店のお手伝いをしていたおばさんは閉店直前にミチルに「ごゆっくり」と言って暖簾をくぐって帰って行った。ミチルは後片付けをしているママと話を続けた。

「その人が忘れられないのね」

ママは手を休め、うなずく代わりににこりと笑った。

「今まで独身でいたのは……よほど良い男なんだ」

とミチルは冷やかした。

「……あの人は誠実で曲がったことが大嫌いな人なのよ……そうなの……いろいろなことがあって、ありすぎて……」

「いろいろなことって?」

ママは壁に掛かっているお気に入りの馬の写真を見つめながら、

「さあ、何でしょう」

と答えたという。

＊

真夏日が一週間以上続いていた。異常な暑さだった。夕方植木に水をやっていた女性が、通りすがりの小山いっ子に「太陽に水分を吸い取られてしまう」と嘆いていた。沈みかけた太陽は大きくて、まだギラギラしていた。

ひと昔前まではいくら寝苦しい夜でも、朝は清々しい空気で始まったものだが、昨今のこの暑さでは朝からクーラーをかけなければならなかった。自然の風を追い求めて……樹木の匂い、浜風の匂い、田の稲の匂い……を想像してみるが、いっ子の肌はその感触を呼び起こしてはくれない。この暑さはいつまで続くのだろう。やがて秋風が肌を刺すまで、熱中症にかからないように気をつけなければならなかった。

小山いっ子は暑さから逃れるため、午前中から図書館に入っていた。いっ子は毎週月曜の午前零時にインターネットラジオで朗読を放送している。リスナーが聞いてくれそうな話のネタ探しをするため、たびたび図書館を利用していた。

耳にはイヤホンで中島みゆきの曲、『狼になりたい』がリピートして流れている。アロハシャツの男が描かれるこの曲の季節は夏だ。いっ子はこの曲を数年前に雪深い平原で聴いた。

そのときは雪の平原を一匹の狼が駆け抜けていく風景を脳裏に描いた。

冷房の効いた図書館の中で何度も聴いているうちに、イントロの力強い音は雪深い平原へといっ子を連れて行く。

（朗読に使ってみようかな……）

そう考えていたとき、仲良しのミチルから電話が掛かってきた。

「元気？」

ミチルの簡単ないつもの挨拶だ。

「ミーちゃん、今どこにいるの？」

いっ子は急いで外に出て電話を受けた。

「――暑い！」

外は温度差があり過ぎた。回れ右して引き返した。

トイレの出入口に来たいっ子は壁に寄り添い、話を続けた。

ミチルはアルバイトをしていた『奄美』という神戸の居酒屋で、客に何か気に入らないことがあったのか、客の飲んでいたグラスの水を客の顔にぶっかけたらしい。

そんなことがあって、お店には二、三日休むと届けてはいたが、一週間経っても無届のまま休んでいた。

以前からミチルは競走馬が好きで、かねがね牧場に競走馬を見に行きたいと言っていた。

だから、きっと北海道にでも行ったのだろうといっ子は思っていた。案の定、ミチルは、

「北海道よ。日高にいるの」

と言った。そのあと、

「ちょっとお願いがあるんだけど」

と何やら頼み事があることを言ってきた。

「どんなこと？」

いっ子はお金の無心かと思ったのだが、

「図書館で調べてほしいことがあるの」

と的外れのことを言った。

「ちょうどいま、図書館にいるよ。どんなことなの？」

「一ヵ月前の新聞記事なんだけど、マカオで引ったくりに遭い、挙句、殴り殺された男がいたそうね」

どうやらミチルはその事件は知っているものの、新聞記事は読んでないようだった。

「ああ、その男性はね、二十五年前に大阪で誘拐された住職だったそうよ」

「らしいわね、その関連性の取材をしている振りをしてくれないかしら……」

「なんで？　そもそも関連性なんてないはずよ。殺されたのは一ヵ月前で、誘拐は未解決なんだから」

「だから、振りだけよ」

「だからどうして、そんなことしなければならないの」

窓ガラスに蝉がぶつかった。外の蝉の鳴き声は聞こえないが、きっとうるさいのだろう。

「頼まれたのよ。なんか事情があるみたいで」

「誰に頼まれたの？」

「仲良くなった人よ」

惚れっぽいミチルのことだ。きっと男性だろう。

「好きになったの？」

と聞くと、

「男じゃないわよ。一杯飲み屋の女将さんでおばあちゃんよ」

とハズレた予想に笑い声を立てた。いっ子より十歳若いゲイのミチルは、イケメン好きであることは確かだが、今回の対象はどうやら女性のようだった。

「その人も馬が好きなの？」

「好きっていうか、馬主さんなのよ」

「飲み屋の女将が？」

「馬を買うのにコツコツ貯めていたそうよ」

「へえ、夢がある人ね」

ミチルは羨ましそうに、

「そうでしょう」

と言った。

「で、どんな事情なの？」

「詳しいことは話さないわ。でも、悪いことではないことだけは確かよ。人助けだと思って引き受けてよ」

「そんなことより早く帰って来てよ」

「引っかかれば帰るから」

ミチルは突拍子もないことを言った。

話を聞いてみると、どうやら探している人がいるようで、その人を「引っかけ」たいらしい。

「その引っかける人が図書館に来ているらしいのよ」

「その記事を持っていれば、探している人が声を掛けて来るとでもいうの？」

「そうらしいわ」

返事もしてないのにミチルは図書館を指示した。いっ子が今いる図書館ではなかった。それは六甲山の麓にある図書館だった。今いる図書館は家から自転車で五分の所にあるが、指定された図書館へは自転車で行けないことはない。だが、二駅は離れており川に沿って長い坂道がある。その坂道は桜並木が続き、桜の咲く頃はお花見で賑やかな所だ。

「ミーちゃんは涼しいところにいるんだろうけど、こちらはすごく暑いのよ」

「まあ、確かにこっちの朝は清々しくってめっちゃ気持ち良いよ」

ミチルは上機嫌で話した。

いっ子は、「さっきまで私も気持ちは北海道の雪の中だったのよ」とは言えなかった。答えを渋っていると、次の言葉が待ちうけていた。

「ロードバイクに乗っているんだからへっちゃらじゃない。足腰を鍛えているんでしょう？」

さらにこうも言った。

「朗読をしているんだったら好奇心が必要よ」

さらに、

「最近のいっ子ちゃんは固まり過ぎでしょう」

いっ子は痛いところを突かれた。

ミチルはいっ子の朗読に意見を言ってくれる。お世辞が入らないので、いっ子にとってはありがたい――要は最近の朗読内容がマンネリ気味だと言っているのだ。もしかしたら、いっ子に新しい刺激を与えることができると思って、ちょうど知り合った女将の頼みを引き受けたのかもしれない。だが、ミチルはそこまで深い考えの持ち主ではない。といっ子は思い直した。

「引っかける人は七十を超えたおじいちゃんよ。図書館に入っていればいいだけよ」

ミチルは簡単そうに言った。そのノリに引っ張られてつい、

「で、その老人の特徴は？」

といっ子は返答してしまった。

「右の目の下に黒子があるそうよ」

「その老人から声を掛けられたら、どうすればいいの？」

「こちらから指示があると思う」

「指示って、終わりではないの？」

「その老人と、頼んだ『あの人』とが話ができるとたぶん終わりだと思う」

翌日。

六甲山の麓にある図書館が開くのとほぼ同時にいっ子は自転車で到着した。朝日が通り過ぎた窓のブラインドを年配の女性が上げていた。おそらくここの職員だろう。いつもその女性が上げているように見えた。

この日からいっ子は閉館まで図書館に張り込んで、ミチルが言う謎の老人を探すことになった。

一週間、また一週間と過ぎていくと、毎日のように暇つぶしにやって来る人が見えてくる。

昼食はこの暑さで食欲がわかなかったが、いつも三角おにぎりを握って持って行き、食べることにしていた。それに飽きると図書館に併設された喫茶店に入って、コーヒーとサンドイッチか、カレーライスを食べた。

いっ子は図書館で朗読の原稿を書きながら手を休め休めして、七十過ぎの目の下に黒子がある老人を探した。並行してミチルは毎日二回、「今日はどう」と電話を掛けて来る。時間はだいたい決まって、十時過ぎと二時過ぎだった。いっ子はなかなか良い返事ができなかった。この図書館に通うようになって、あっという間に二週間が経過していた。

暑さも和らいだ三週目の金曜日。いっ子はいつも座る席にバッグと日除けに着ている長袖の上着を丸めて置いた。横の席では痩せ細った老人が新聞を読んでいた。いっ子は汗を拭きながら席に腰かけた。老人は暑いのに襟付きのシャツを着ていた。周りの人は丸首のTシャツを着ている人が多かった。いっ子もそのうちの一人だ。そのせいか老人はきりっとして映った。バッグにタオルをしまいかけたとき、老人の顔の黒子が目に入った。その黒子は目の下ではなく、顔のたるみで下のほうにあった。ぽつんとあった訳ではない。老人は目の下にかけてシミが三ヵ所あったので正面から見ていたら、小さな黒子は見逃していたのかもしれない。いっ子は内心、ほくそ笑んだ。

急いで閲覧室に行き、「一九八九」と書かれた昔の新聞を取り出した。新聞といっても縮刷版なので大きさは百科事典ほどで、一年分が一冊にまとまっている。席に戻ると机の上で縮刷版のページを無造作にめくった。ガサガサという音に気づいた老人がこちらを見た。いっ子は故意にその音を立てたのだった。

住職誘拐事件……という記事が目に止まる。何度か練習して開けていたページだ。今から二十五年前に起きた住職誘拐事件はすでに時効になっている。続いて、一ヵ月前の綴じてある新聞を取りに行った。マカオで殺害された住職の記事は大物財界人の死亡記事で潰され、どこの新聞社も小さく載せていた。

いっ子はミチルに言われたようにつぶやいた。

「これだわ……この誘拐事件を調べてみよう」

いっ子の独り言に隣の老人が刺すような視線を向けた。いっ子はその視線を気にしながら、事件の顚末が書かれたページをコピーしにカウンターに向かった。

コピーが終わると併設されている喫茶室に入った。席に着き、ウエイトレスを呼ぼうとしたとき、例の老人がいっ子の側まで来て、何か言いたそうにいっ子を見つめた。いっ子はたまりかねて、

「何か用ですか?」

と尋ねてみた。

老人はいっ子の向かいの席に腰掛け、

「いや、どうもそれが」

老人はいっ子の持つ新聞のコピーを指差した。

「気になって仕方がないもので」

いっ子は引っかかったと見なした――ミチルの指示通りにここまで動いた結果だ。

「住職誘拐事件のことですか？」

「そうです。あなたの独り言が耳に入ったのでね。実はその事件が起きたとき、現場になった村に住んでおりましてね」

意外な告白にいっ子の目は丸くなった。老人の戯言かもしれないが聞き逃すわけにはいかなくなった。

「少しそのお話を聞かせていただけませんか？」

いっ子が頼むと老人は、

「なぜ事件を調べているのですか？」

と訊ねた。いっ子は想定外だったので少しまごついた。ミチルに頼まれたのだとも言えない。

「私、インターネットラジオで朗読をしているんです」

いっ子は自己紹介をしてから、

「それで朗読のネタになりそうな未解決事件を調べているというわけです」

と答えて番組を紹介すると、老人は、

「聞きなれないラジオ局ですね」

と首を傾げた。

「ネットラジオなんです」

「ああ、ネットですか、世の中は変わりましたな。私なんかついていけません」

と言いながら、

「良いところに目をつけましたね。ＦＭ放送もネットに繋げば入る時代ですからね」

老人は感心した顔を向けた。老人が言うようにＦＭ放送は高いビルやマンションが建ち電波が届かなくなっている。

「大学生三人で運営してるんですよ」

「若者と一緒ですか。エネルギーがみなぎってますな」

「そうです。そういう人たちのお仲間に入れていただくなんて、幸運だと思ってます」

老人は遠くに目をやり、いいですともと言うようにうなずいてくれた。

いっ子と老人が会話をしている最中、ウエイトレスが注文を取りにやって来た。いっ子はコーヒーを、老人はミルクティーを頼んだ。いっ子はメモ帳をバッグから取り出した。

老人は「乃木勉」と名乗った……乃木は会社をすでに定年退職していて、やはり歳は七十を超えていた。乃木は身体の調子の良いときにはときどき図書館に足を運んでいると話した。痩せ細っているのは体調を崩していたからのようだ。

「事件は以前住んでいらっしゃった地域で起こったとおっしゃいましたが……」

いっ子はメモを取りながら本題に入った。

乃木によると誘拐事件の経緯はこうであった。

事件の舞台となったお寺は副業として幼稚園と老人ホームを営んでいた。副業を始めたのは住職の父親の代からだった。

お寺の郵便受けに声明文が届いたのは、ちょうど年号が昭和から平成へと代わり、季節は移ろいで四月の初めの頃だったそうだ。桜は満開だったという。

声明文はこうであった。

(坊主は預かっている。弱い者いじめで死人が出てるやないか。今すぐ二億円出してもらおう。そうやないと何もかもバラスで……)

関西弁の文面だった。そこで坊主が誘拐されたのがわかった。

いっ子の記憶では「坊主は預かっている。今すぐ二億円出してもらおう」だけだったはずだ。いっ子は違和感を覚えた。

そのとき、ウエイトレスがミルクティーとコーヒーを運んできた。ほぼ同時にいっ子のスマホに電話が掛かってきた。表示はミチルだ。スマホを耳に当てると、ミチルは間延びした声で、

「今日はどう?」

といつものセリフを発した。いっ子は乃木に、

「すみません、ちょっといいですか？」

とミチルに聞こえるように断りを入れた。

乃木は「どうぞ」と承諾してくれた。乃木はスマホを耳に当てているいっ子に、「砂糖はいくつ？」と聞いたが、いっ子は首を振り、コーヒーカップを左手で塞いだ。乃木は自分のミルクティーに砂糖を入れた。

勘の良いミチルは状況を察したのか、大きな声で、

「側に誰かいるのね」と言い「もしかして引っかかったの？」

ミチルの大きな声に押されるように、いっ子は「ええ」と返事した。ミチルがその一点に集中していたのがわかる。いっ子は直感的に話をはぐらかさねばと思いつき、

「昨日は『奄美』のママに、『ミーちゃんはいつ帰ってくるんだろう』ってさんざん愚痴られたのよ」

と話題を変えた。『奄美』のママというのはミチルの親戚にあたる人であった。

「引っかかったのね。話を合わすからその調子で続けて」ミチルは指図した。

「ミーちゃんがいないから客足が途絶えたって嘆いていたわよ」

「引っかかったのは七十の老人で、目の下に黒子はあるのね」

ミチルは確認した。いっ子は、

「そうよ」

と言った。いっ子はその人が何でその老人を探しているのかミチルに聞きたかったが、乃木の前ではそれを言えないジレンマに陥っていた。

「で、『奄美』のママにはどう言えばいいの？」

「こっちの店も、人手が足りなくって、アルバイトの娘が入るまで手伝うことになったのよ。当分神戸には帰らないって、その旨を言っといてよ」

この間は「引っかかれば帰る」と言ってたはずなのに、すっかり話が変わっていた。

「そういうことはミーちゃんから直接『奄美』のママに電話したほうがいいよ」

いっ子はミチルの勝手には応じられなかった。

「それで、どういう関係の人なの？」

やっと切りだせた。

「探している人との関係？」

ミチルは聞いた。いっ子は、

「そうよ」

と答えた。

「知らない」

「知らないで引き受けたの？」

「なぜか可哀想なのよ」

「それだけで……」

ミチルの育った奄美大島は透き通った青の海だ。いっ子はミチルに島を案内してもらったことがある。リアス式海岸沿いで車を運転していたミチルは以前、「ここは海と山しかないけれど世界遺産へ登録を申請しているのよ」と言っていた。亜熱帯雨林の気候は長いトンネルを抜けると地面が濡れていたりした。シダやリュウビンタイなどの植物の優雅さに目を奪われた。大木からは細い繊維が縄のように編まれて垂れ下がっていた。ガジュマルの木のひげであった。海岸はちょうど引き潮になっていた。見る見るうちに球場の広さぐらいに潮が引いていった。いっ子たちはヤシの葉で葺いた小屋で海岸の光景を眺めた。最後に訪れたのは日本画家・田中一村の美術館だった。島には珍しいドームの建物があった。最初はてっきり球場だと思って目にしたのだったが、そこは多目的ホールだった。その敷地内に立派な美術館があった。

ミチルを見ていると田中一村の絵が浮かぶ――引き潮、満ち潮……さざ波、熱帯雨林に育成する生物などが、きつい日差しの中から日陰に入ってホッとしたような絵だった。ミチルの穢れを感じさせないところに似ていた。ミチルは気持ちを折られるといたたまれなくなってしまうところがあった。だが、ミチルは奄美のスコールのように立ち直りも早い。ミチルの性格に近づけるようになったのは奄美大島の自然にふれてからだった。

「今、人と会っているのよ」

「そうだったわね」

「切るわね」

いっ子は電話を切った。

＊

いっ子は乃木に話の続きをした。

「あの事件はお寺の裏山で監禁された住職が自力で脱出したのでしたよね。迷宮入りしていたグリコ・森永を真似た事件でしたね」

一九八四年と一九八五年に食品企業を脅迫した『グリコ・森永事件』その事件を真似たといわれたのは、事件の始まりが似ていたからであった。グリコの社長が誘拐され、自力で脱出したところがそっくりだった。

「そうでしたな」

住職は記者会見後、話題の人となりマスコミに取り上げられていた。グリコ・森永事件の五年後に起きたので同一犯の犯行かと興味を持たれたのだった。

乃木は過去の記憶を遡りながら話を続けた。

「あの日は桜の花が満開で華やいでいた日でした……上手いこと二億円の身代金を出させたもんです。公にはなってませんけどね」

いっ子はいきなり誰も知らない新事実を聞かされ、驚いた。

当時、週刊誌等のメディアはこの事件が解決すればグリコ・森永事件のホシが挙がると書き立てていた。だが、今はもうこの事件も時効となった。

いっ子はなぜ、乃木がそこまで知っているのか疑問が湧いた。

「どうして事件の秘密をご存知なんですか？」

「村のほとんどの人は、口には出さなかったけど……知っとったよ」

「えっ！　知っていた？……二億円の身代金を出したということを？……ですか」

乃木はうなずいた。いっ子は無意識にのけぞってしまった。

「でもよく二億円の大金を用意できましたね」

「住職は金持ちでしたよ」

「当時の二億円は大金ですよ」

乃木はお寺が持っていた竹藪の山を売った話を始めた。

「山を崩して団地を建てていった列島改造の時代のことはご存知でしょう？　そのときに大儲けしたんですよ」

どうやら住職が金持ちだったことは間違いないようだ。

いっ子の脳裏に疑問が走る——。

事実に蓋をしたということなのか……なぜそんなことを？……伏せなければならない理由は……厳しい警察の捜査はあったはずだ。

乃木は体調を崩している割には眼力があった。その眼光を見る限り、いっ子には老人の戯言ではなさそうだと感じた。

「村の人たちで二億円を山分けしたとでも？」

乃木は入れ歯の白い歯をのぞかせ笑った。

「お姉さん、面白いこと言いますな」

「そんなふうに聞こえますよ」

「そうですか。でも、それはありません」

「ではなぜ、監禁までして二億円を出させたのかしら？　理由があったからでしょう」

乃木は少し考えていたが、

「そりゃ、いろいろあったからですよ……宗教法人は税の免税がありますが、関連されてない事業は課税されます……噂では十億円以上、脱税していたそうですよ」

「それでしたら、警察や税務署は真相究明に動いたはずですよ」

「そこはまあ、うまくやっていたんでしょうな」

「事務はどなたがしていたのですか」

「副業は身内がやってたから、身内と違いますか……」乃木はいっ子の顔色を窺いながら、

「犯人は二重帳簿をコピーして送りつけたのと違うのかな？　そんな噂もあったということです」

いっ子には犯人が身内だと言ってるように聞こえた。

「犯人はどうやって帳簿を？」

乃木は、

「それは、あんた」

と言いかけ、

「いや、私かてそんな詳しいことまで知りません」

乃木は唇を引き締めた。

（あれ、逃げられた？）といっ子は思った。

「そんなこと言わないで教えてくださいよ」

いっ子は身を乗り出した。

「時効なんですから」

そう言ったが、乃木はぐっと息を飲み込んでしまった。

話が途切れると店内の雑音が耳に入ってきた。いっ子はコーヒーをすすった。乃木は窓の外を眺めた。いっ子は角度を変えて訊いてみようと思いついた。

「さっきおっしゃった弱い者いじめで死人が出ているという声明文のようなことが本当に起きていたのですか？」

乃木はいっ子に目をゆっくり戻した。

「そうらしいですよ」

「過労死されたように受けとれるのですが……」

「こきつかわれてました」

「では、そんなことが起きて、幼稚園や老人ホームの職員や同僚の人たちはどう見ていたのですか」

「そりゃ、穏やかではなかったはずですよ。人が亡くなれば坊主は儲かりまっせ」

痩せ細った乃木の口から冗談とも言える皮肉の言葉が出た。

「あれ、おかしなこと言いましたかな」

いっ子は何と答えていいかわからなくなり、話の接ぎ穂を失って「いえ」と目を泳がせた。

「私の記憶ではそういう声明文じゃなかったですよ」

「そうでしたな、新聞とは異なってましたな」

「伏せていたのですか」

「誰が？」

「警察が」

「警察も知らんかったと思うよ」

「それでは、お寺が書き換えたとでも？」

「違います」

「では、何なんです」

「考えてください」

乃木は謎解きを問いかけるように言い放った。

「そんなこと言わないで教えてくださいよ」

「まあ、要は二つ声明文が送られてきたということです」

「ということは……一つは警察に見せて、もう一つは伏せておいたということですか」

「そうらしいですな」

「なぜです？」

「お姉さん、なぜが多いですな。話し合いがしたかったからではないのかな」

「話し合い？」

「これは駆け引きです」

いっ子はさらに、「どんな駆け引きですか」と訊いたが、乃木に知らんふりされてしまった。

乃木は質問には答えなかったが、いっ子が食いつく話をし始めた。

「あの坊主を良い人だと言う……そんな人はおらんかったからな」

乃木はそう言ってから、ふと、思い出したような表情を作り、

「こんな話があります……。坊主にはよくできた奥さんがいましてね、その奥さんを追い出してしもうてね」

「どうしてですか」

いっ子の問いに、乃木は小指を立てた。

「女？」

「そう、愛人がいましてね、その女を後妻にもらいたいもんやから」

「それで追い出したのですか」

「そうです。ひどい話でっしゃろ。愛人はとびっきりの美人で、住職もやっとの思いで手に入れたと聞きましたよ……お父さんが亡くなると坊主は事業を拡大していきましてね。十階建ての賃貸マンションを建てよりましたよ。事業欲が旺盛でお寺そっちのけで専念してましたな」

「じゃあ、お寺のことは？」

「奥さんに任せてましたよ」

「奥さんがお経を唱えるのですか」

「奥さんの実家はお寺さんで、子どもの頃から修行させられたと聞きましたよ」

乃木は住職が衣を着ている姿を見なくなったと話した。

「坊主は先妻をこき使ってましたよ。老人ホームに人手が足りないからと言って、お寺の小間使いのおじさんを一人回すことになったそうです。二人いたのですが、いずれ、お寺に帰って来てもらうからということだったらしいです。すると、また老人ホームに手が足りないと言って、結局、先妻は小間使い二人がやっていた裏山の畑とお寺の掃除もすることになってしまったそうです。小間使いの二人は、いくら奥さんの実家がお寺さんだったとはいえ、本堂の拭き掃除は夏場はそれほどでもないけど、冬は手足が凍り、手はあかぎれで痛いはずや。若い奥さんには酷やと憐れんでました。あれは先妻を追い出す作戦に違いないと囁く声もありました」

「よく我慢されましたね」

「黙って従ってたようですな。でも、倒れてしまいました。結核で一年療養入院されましたよ」

乃木はよほど住職と性が合わないのか、こんなことも言った。

「坊主は夜になると会合だと言っては出掛けて行き、表向きは会合ですが遊んでいたんでしょうな。あの歳になってマカオで引ったくりに遭い殺されているのだから遊びの火を消すことができなかったのでしょうかね」

なぜなんだ？――そんな面白いネタはマスコミが喜ぶはずだ。それなのに、当時のマスコミは住職を英雄扱いだったではないか……そんなに評判の悪い住職なら恨み辛みを持つ被疑者も多いはずだ。うっぷんを晴らすには良いチャンスではなかったのか。いっ子の頭は疑問でいっぱいになっていった。

「不審な人物は挙がらなかったのですか」

乃木はうなずく代わりにミルクティーのカップに手を持っていった。

「少しは事件に進展はなかったのですか。誘拐事件が迷宮入りなんて」

「そんなこと言うても、事実なんやから仕方がない」

乃木は困った顔を作ったが話す口調は冷静だ。

「……進展がまったくなかったなんて」

いっ子はつぶやいた。

「なかったんやから仕方がない」

乃木は言い張った。

「いや、きっとあったはずです。よく思い出してみて」

途端に乃木が笑いだした。

「お姉さん、まるで刑事さんですな」

いっ子は下を向いた。そんなつもりではなかったが、思わず尋問のようなことをしてしまっていた。

「声明文という証拠までありながら」

「声明文と言っても坊主を脅していたのと違うのかな」

「そしたら、事件後、何か変わったことは起きなかったのですか？」

「例えば？」

乃木が質問を返してきた。

「そうですね。誰かがいなくなったとか、二億円が手に入れば人は変わるじゃないですか、だから、急に羽振りが良くなった人がいたとか」

「そんなことがあったら、とっくに警察が調べてるやろ」

いっ子はそれもそうだなと思い直した。

「そう言えば……事件後、村の駐在さんがいなくなりましてね。まあ、異動だと思いますが、うちのお袋が聞いてきた話では、異動ではなく、この駐在さんが犯人だから消えたと言うてましたわ。そんなアホな、と聞き返しましたが、確かに警察官だったら誘拐できたと思いますな」

とんでもない方向に話が展開し、いっ子の心は躍った。

「警察官が誘拐ですか。なぜまた？」

ついつい、いっ子の声は大きくなった。ウエイトレスの鋭い視線が突き刺さる——いっ子は下を向いてウエイトレスの目を避けた。

「さあ、そこまでは」

「駐在さんの家の人か、誰かが老人ホームに入っていたのですか」

いっ子は意識して小声で話した。

「いや、入ってはいません」

乃木は断定した。

「では、なぜ誘拐を?」

「密かに調査でもしていたのと違いますか」

「内偵をしているうちに、自分で懲らしめてやりたくなったと?」

いっ子は腕を組んだ。

「その駐在さんはどんな方でした?」

「三十半ばだったかな?　親切で地域の人から頼られてましたよ」

「そんな人が誘拐ですか」

「いや、でも、駐在さんが犯人というのはただの噂やから」

「その噂が警察の耳に入らなかったのですか」

「入らなかったようですな」

「でも、さっき、噂は広がってたとおっしゃいましたよ」

「小さな集落は結束するところがありましてね」

乃木は回想しているのか、

「時代が変わりました。今は村が町に、町が市になっているんですから」

季節は何十回と移り変わっている。当時の景観は想像もつかないだろう。

「村の者は捜査に協力しなかったのと違いますかな。みんな口は塞いでましたよ」

「犯人をかばったということですか」

「そう思いますね」

乃木はいっ子に不気味な笑みを向けた。

*

いっ子のスマホが鳴った。発信元はミチルだ。

「すみません。また先ほどの人からなんです。いいですか」

いっ子は乃木に断りを入れた。乃木は、

「大丈夫ですよ。どうぞ」

と言ってくれた。

ミチルは今いる店のたわいもない話を始めた。

「その話は神戸に帰って来てからでもいいのでは……」

いっ子は電話を切ろうとした。

「ちょっと待って、あの人の指示なのよ」

ミチルはそう言うと、

「こちらの店のことを乃木さんに聞いてもらいたいそうよ」

先ほどまでお芝居をしていたのに、今度はお芝居をしなくていいということらしい。そうなると急に話が変わる。目の前の乃木は不審に思わないだろうか。それなら、乃木と直接話せばいいではないか。そういうつもりだったのではなかったのか……「どういうつもりなの」と言いかけたがミチルのほうが早く口を開いたので、いっ子は何も言えなくなった。

ミチルの話では、北海道の店は十年ほど前に開店して、以来ママさんとお手伝いのおばさん二人でやっている……ママの名は『庭木秀子』と言い、店は『奄美』とそう変わらない六坪ほどの広さで、ウナギの寝床のような細長いカウンターだけらしい。

「最近ランチを出すようになって、それが当たって人手不足の原因になっているのよ」

とミチルはそこのところを強調して言った。

話を聞いているいっ子は受話器を耳に当て、窓の外に目を移していた——日差しがきつそうだ。通りの車の流れはときどきあるが、人の歩いている姿は見られなかった。建物の影が伸び日陰を作っているが桜並木の葉はぐったりとして光を跳ねていた。一雨欲しいところだ。

「ママは大阪からこちらに来た人なのよ」

「馬好きで?」

「それだけではなさそうよ。馬はこちらに来て牧場に見学に行ってからだと言ってたから。上品な人でどこか影がある風に見えるのよ」

「そんなこと話していいの？」

「いいわよ」

「北海道が故郷でもなく上品な人がどうして北の果てに？」

窓ガラスに映る乃木の耳がピクピクとかすかに動いたような気がした。

「アタシに聞いたって」

「知らないの？」

「大阪から男と一緒に来たとお店の客が言ってたけど、男は大阪に帰ったから捨てられたんじゃないかって。噂よ」

かれこれ二十分は話していただろう。その間、乃木は黙って電話の切れるのを待っていた。乃木に悪い気がしたので、いっ子は、

「すみません」

とミチルに聞こえるように言った。

「あ、長話になったね。これぐらいにする。ありがとうね」

ミチルはそういって電話を切った。

いっ子はスマホをしまいながら、「すみません」と乃木に話が中断したことを詫びると、乃

木は我に返ったような表情をいっ子に向けていた。

「いいですよ。電話の方は遠いところのようですな」

いっ子の思い過ごしなのか、何かを嗅ぎつけたような乃木の目つきに、またドキリとした。

「ええ、友人は北海道に馬を見に行って、飲み屋に入ったところ、たまたま人手が足りないと言われて雇われたまま帰ってこないんですよ」

「こちらでは仕事はしていなかったのですか」

「してました。こちらの店でも早く帰ってきてほしいようで、それで困ってます」

「そうでしたか、それはお困りでしょう」

乃木は素知らぬ顔をして、ミチルとの会話を聞いていたようだ。

「そこのお店のママさんは競走馬を持ってらっしゃるそうなんですよ。だからなんです」

「競走馬をね……お友だちは馬がお好きなんですね」

「はい、競馬場にはよく行ってるようです。馬の魅力に取り憑かれて、今は北海道です」

乃木は世間話に耳を傾けた。

「そうですか……馬主になると維持費もかさむんでしょうな」

「そんな心配はいらないようです。コツコツ貯めていたり、それに慰謝料があったようですよ。友だちがそんなことを言いましたから」

「結婚されていた経験がおありのようで」

「らしいですね……なんですかね、汚れた男からもらったお金だから、穢れのない馬で資金洗浄した。なんて言ってます」

「相当な額に聞こえますよ」

「そうなりますね」

「その方が馬主になられたのはいつですか」

「まだ浅いそうです。馬のさっそうとした凛々しさに惚れたそうです」

「お歳は？」

「歳まで聞いてませんが年配の方のようです」

乃木は何か言いたげな顔をした。乃木は口ごもりながら、

「会ったこともない人にお願いするのは厚かましいのですが、そのお友だちに頼んでいただけないでしょうか」

「何をですか？」

「場所が日高だと聞いて無性に会いたくなった女性がおりまして」

「もと、彼女ですか」

いっ子は冗談めかして聞くと、乃木は愛想笑いを浮かべた。

「病気をしましたら、昔が懐かしくなりましてね」

乃木は、はにかんでいた。

「その女性もご年配で？」

「私より三歳下の七十です。小柄な女性で『堤秀子』と言います」

いっ子はその名に「えっ？」となった。

乃木は話を続けた。

「聞き上手でしてね、大阪で一杯飲み屋をやってましたから、そちらでも働いていると思います」

「どうして、ご自分で行かれないのですか。北海道はこちらより涼しくて、湿気もなく気持ち良いと言ってますよ。飛行機だと一時間余りで行けるのですから」

乃木は苦笑した。皺が目立ち寂しい表情を作っていた。

「そんなにたくさん店があるわけではないので、そちらのママさんかお客さんに聞いていただければ、何か手掛かりが得られると思うのですが」

「わかりました」

いっ子はスマホを取り出し、ミチルに電話した。

「実はね、そちらで探してほしい人がいるのよ」

「その老人が言ったのね」

ミチルは言った。いっ子は「ええ」と返事した。

「その人と代わるから話を聞いてあげて」

乃木はいっ子が説明してくれるものだと思っていたのか、乃木にスマホを渡そうとしたが拒否されてしまった。

「大丈夫です。断れない性格だから、本人から頼むほうがいいと思いますよ」

スマホを受け取った乃木は先ほどの件をミチルに頼んでいる。いっ子はじっと聞いていた……いっ子の役目は二人が話せば終わりなのだ。だが、そうはいかない。

スマホをいっ子に返した乃木の手は弱々しかった。いっ子は再び電話に出て、「もしもし」とミチルに呼びかけた。

「今の人ね」

ミチルが言った。

「ミーちゃんが再三電話をしてくるもんだから、そちらにいるお友だちが懐かしくなられたそうよ」

「お客に聞くことぐらいはかまわないと返事したけど」

「そうなの」

「探している振りしてよ」

またお芝居をしろということらしい。いっ子は慌てて「見つかるかしら?」と付け加えた。

ミチルは、

「ちょと、待ってて」

と言うと同時にミチルの声は途切れた。

いっ子は乃木に目を合わせ、

「お客に聞くそうです」

「ありがたいです」

乃木は話の進み具合にホッとしたようだ。

いっ子はスマホに耳を当て、ミチルの声を待ちながらメモを取った。乃木は何を書いているのか気になるようで覗き込んで見ていた。

ミチルの「もしもし」という声がした。

「見つかったの？」

「今日に限ってママは馬のことで一時間前に出掛けたのよ」

ミチルの歯切れが急に良くなったのは、そういうことだったのだ。

「ママに連絡すると、『私が帰るまで話を伸ばして捕まえておいて』と指示があったもんでね」

ミチルは『あの人』に連絡して指示を仰いだようだ。

「どうしてママさんが可哀想になったの」

いっ子は側に『あの人』がいないことがわかったので聞いてみた。

「なんでそんなこと聞くの？」

「熱心だから。競走馬が勝てばいくらか貰える約束でもしたのかと思ったぐらいよ」

「……」

ミチルはすぐに答えなかった。

「ママは身寄りがないらしいのよ。自分が亡くなったときには、馬の面倒を頼むと言うのよ」

「そんな話で動いたわけじゃないわよ」ミチルは機嫌を損ねたのか声がきつくなった。

「おいしい話をされたんだ」

「本当に可哀想になったからよ」

「だったら、どんなふうに可哀想なの？」

「子どもの頃のママは幼いときに母親を亡くして、お手伝いのおばさんがいたそうだけど、継母に跡取り息子が生まれると女中のようにこき使われたと話したわ。ママはヤドカリのように中から手足だけ出す子になってしまったと苦笑していたわよ」

「ヤドカリね……それじゃ自分の気持ちを隠していたということ」

「らしいわ。アタシと違って自分の気持ちを出さないから客商売に向いてるわね」

「ミーちゃんとはちょっと違うわね。でも、ミーちゃんは和ませるところを持っているから、お客が寄って来るじゃない」

「ま、ありがとう」

ミチルは礼を言ってから、

「どうしても声だけ聞きたい人がいるって言うから……なんでもその人は病人らしくて、アタシが神戸から来たって言うと、ママは天の助けのようにアタシに笑顔を向けたわ。その笑顔が何とも言えなくって、可愛かったのよ……どうも、ママはその人の動きを遠くから見つめていたのと違うのかな。図書館に通っているということはお金を出せばわかることなんだけど」

ミチルは探偵を使っていると言いたいのだろう。

「アタシはてっきり奥さんがいる人だと思って話を聞いていたら、独身の人だって……ママは心配で神戸に行ったような気がするの」

「そしたら、どうして会わなかったの？」

「だから、事情があるのよ」

ミチルは立ち入ることではないと言いたいようだ。

ミチルはここまで話すと、

「乃木さんと代わってくれる？　わかったみたいよ」

話を進めた。

「もう一つだけ、ママさんの実家はご商売でもしていたの？」

「そこまで聞いてない」

「そしたら」

「なんだ、まだあるの」

「お店の経理は誰がしているの」

「自分でやってるよ。ずっと経理畑で来たそうよ」

「そうなの、ありがとう」

「それが何か?」

「ううん。何でもない」

いっ子は礼を言ってから乃木にスマホを渡した。乃木はいっ子たちの話を聞いていたのかスマホを差し出しているのにすぐに受け取らなかった。

乃木が話している間、いっ子はメモの整理をした。

乃木は黙ってしまっていた。それでいっ子が顔を上げると乃木の顔は硬く強張っていた。

「どうされました?」

「大阪から来て飲食店をやっている人は三人いましたが、でも、三人とも四十代だったそうです。それから、お客で七十歳のご婦人がいて、以前、大阪の居酒屋で働いていた人がここに来ていると言われました。その人の名前は『タカギハルカ』さんというらしいです。その人に話をしてくれるそうです」

話していた乃木の口が止まった。ミチルの声がしたようだ。乃木はいっ子に目配せした。

乃木は「はい」と言った。乃木はいっ子に向かって首を振った。乃木の探している堤秀子ではなかったようだ。乃木は肩を落としたが執念とでもいうのか、声は新しい響きに変わった。

「先ほどから話題になっている方とお話できませんか?」

ミチルがどう言ったのかわからないが、すぐに、

「ではお帰りになる頃合いを見計らって掛け直します」

乃木はそう言い終わるといっ子にスマホを返した。

＊

電話を切ると、先ほどの話の続きに入った。

乃木は話の続きを忘れていたのか、

「何の話でしたかな」

と問うた。

「住職がビジネスに長けていた話をしてたのですよ」

乃木は、「そうそう、そうでした」思い出したようだ。

「いくらお金があっても人の目があっては自由に遊べないし、海外で羽をのばして引ったく

りに遭って終わりですから、何にもなりませんね」

いっ子が付け加えて言うと、乃木は、

「金は要りません」

バッサリと切り捨てるように欲のない言い方をした。

乃木は疲れがでたのか黙ってしまった。いっ子は、

「大丈夫ですか？」

と聞いた。乃木は、

「ちょっと息苦しくなりまして、じっとしていれば治ります」

と、背もたれに身を預けた。

しばらくして、話ができるようになった。いっ子は話を続けた。

「住職があんな亡くなり方をして、先妻はさぞかし無念を晴らした思いでしょうね」

「どうですかな」

いっ子が期待している言葉はでなかった。

「と、言いますと？」

「そんなこと思ってないのと違いますか」

「なぜ？」

「なぜと言われても」

乃木は口ごもった。

「根拠があって言ってるわけやないが、なんとなくそう思っただけです」

「そしたら離婚のときはどうでした？」

「あっさり出て行ったそうですよ」

乃木は先妻が離婚して一年ぐらい経ってから、大阪で先妻とばったり会ったときのことを話した。

「先妻はずいぶんとあっさりした性格のように聞こえますよ」

「先妻は前を向くことしか考えなかったのと違いますか」

先妻が退院して帰って来たのは、坊主の愛人に子どもができて、認知をされた後だったそうだ。

「療養中にいろいろ考えたんでしょうね」

「お気の毒に……当時はおいくつでした？」

「三十過ぎたところでしたかな」

「まだまだですよね」

「村の人たちは別れるのには賛成でしたよ。こき使われた挙句がこうでしたから」

きっぱりと忘れて前に進むのはいいことだ。でも、おかしな話だ……愛人を後妻にするために何の責任もないのに追い出されたら、普通なら裁判沙汰にして慰謝料を要求してもおかしくないはずなのだ。

「お金がないというのも心細くはないですかね」

いっ子は聞いてみた。

乃木は話を逸らそうとしているのか、それとも、嫌なことは忘れてしまったとでも言いたいのか、六甲山のほうに目をやり、

「今年の黄砂はすごいですな。砂漠は荒れ狂っているんでしょうな」

と言った。六甲山は煙っているようにどんよりしていた。いっ子は乃木に、「じらさないで話してすっきりさせてくださいよ」と言いたくなっていた。

「報復のようなことはしなかったのですか？」

いっ子は返事を待ったが乃木は窓の外を眺めたままだ。

やがて、乃木は大きく深呼吸すると、驚くようなことを言った。

「報復に二億円を取りました」

「二億円の慰謝料を？」

「違いますよ」

乃木は呆れたように手を振った。

「身代金としてですよ」

「それじゃ犯人は？」

声が大きくなってしまった。ウエイトレスの視線などもう気にしない。そんな余裕などなかった。乃木はいっ子の興奮を鎮めるように、

「やっと、わかりましたか。犯人は先妻です。だから、大胆なことができたんですよ。名前は堤秀子です」

「先妻の名は堤秀子さんでしたか？」

ということは庭木秀子はママの旧姓と考えるべきだろう。

「それじゃあ、乃木さんが探しているのは……」

乃木はミルクティーに手を伸ばし、一口飲むと、

「そうですよ、住職の先妻です」

この犯行は女性一人では無理だ。乃木が言うように共犯がいたことは確かだ。

「乃木さんは住職や住職の先妻と単なる知り合いではなかったようですね」

乃木はうなずいた。

「一年前に大阪でばったり会って話を聞いたとおっしゃいましたが、ちょと違いますね」

乃木はきまりが悪そうに頭を掻いた。

「手口は？」

「知っとるよ」

乃木は愉快そうに答えた。

乃木が言うには、家を追い出された堤秀子は住職を誘拐、監禁し、まんまと二億円をせしめた。やはり人はそう簡単に自分を傷つけた人を許せるものではないということだ。

「解放された坊主は犯行の出来事を恐怖でよく覚えてないと記者会見で話してたけど、あれは嘘や、本当は早く事件を終わりにしたかったのと違うのかな」

確かに事件が長びき、あれこれほじくり返されると脱税のことまで発覚しかねない。

「じゃあ、二億円をどうやって受け取ったのですか？」

「監禁していたところに持って来させましたよ」

「誰に？」

「例の駐在に」

「なるほど、駐在さんが共犯でしたか」

いっ子はもう驚くことはなかった。

いっ子はメモを見ながら、

「共犯と言っても協力させられたように感じますよ」

乃木はいっ子に鋭く目を動かした。

「どうしてです？」

「駐在さんは村の人に好かれていた方でしょう。そんな人が後ろで手を引いていたとは思えないです」

秀子はヤドカリのように生きて来たとミチルに話している。おそらくミチルが秀子を可哀想になったのはそんな話に同情したのだろう。駐在もミチルのように同じ気持ちになったのではないのだろうか。だが、そんな秀子が大胆なことができるとは……いっ子は解けない謎に頭を悩ませた。

誰かがスプーンを落としたのか、乾いた音が響いた。ウエイトレスが素早く代わりのスプーンを持って行き、スプーンを拾った。いつの間にか喫茶室は人の数が増えていた。話に夢中になり、気がつかなかった。時計を見ると午後の一時に差しかかっていた。

「お昼はどうなさいます？」

「そうですな、私はうどんを頼みます」

いっ子はカレーライスを頼んだ。ミチルのところもお昼時で忙しくしている時間帯に違いなかった。

*

柱時計は二時を過ぎていた。

「乃木さんは何のために堤秀子さんを探しているのですか？」

「そうですな、その前にそろそろ電話を掛けてもらえますか」

乃木に催促され、いっ子はスマホを取り出しミチルに電話した。

ミチルはあの人にスマホを手渡したのか、「もしもし、私、庭木と申しますが」という声が聞こえた。

「小山です。乃木さんと代わります」

いっ子は乃木にスマホを渡した。

「もしもし、乃木と申します。今、知り合いの堤秀子さんという方を探しておりまして、庭木さんが大阪出身と伺い、もしかしてと思いまして」

そこで乃木は黙った。庭木秀子が何か言っているらしく、乃木は頭を下げている。

「そうですか、人違いですか。それはご迷惑をおかけしました。いえいえ、もうご連絡することもありますまい。ご安心ください」

乃木は静かに電話を切った。

「別人だったみたいですね」

「……いや、本人でした」

「えっ、でも、さっき人違いだと言ってませんでした?」

「まあ、そう言うでしょう。何しろ時効になったとはいえ誘拐犯なのですから。しかし、声を聞いて秀子さんだとわかりました」

乃木がいっ子の顔色を見て、

「どうかしましたか？」

と聞いた。

「何十年も時間が経っているのに、声を聞いただけで本人だとわかるなんて」

「だから何なんですか？」

乃木は天井を仰ぎ見た。扉を開けそうだ。いっ子は待った。

「最初は同情でした。坊主は秀子さんと別れたいもんやから、秀子さんは何かにつけて、憂さ晴らしの相手にされ、殴る蹴るの暴行を受けて痣だらけでした」

「そんな……一年療養の後の話ですか？」

「そうです」

「痣なんかあったら、まわりの人は気づかなかったのですか？」

「住職は巧妙に計算し、服を着ていればわからないところばかり殴っていましたから」

卑怯な男だ。そう思うと同時に、

「服を着ていればわからないところまで見られる関係だったというわけですね」

乃木は黙ったまま肩をすくめた。その通りなのだ。

「ある日、痣を見せられましてね。可哀想になりました。それからですね、秀子さんが気になって、頭から離れなくなっていったのは……」

乃木は遠い昔を懐かしんでいるのか窓の外に目を向けてしまった。おそらく乃木は同情から愛に変わっていったのだろう。

「どうして一緒にならなかったのですか？」

「もう、会わないほうがいいと思いました」

乃木は自問するように、

「怖かったんでしょうな」

「秀子さんが？」

乃木は一瞬きょとんとして、笑いながら首を振った。

「二億円がです。突然二億円が手に入ったら人間狂います。秀子さんは時効になってから馬を買ったようですな。馬を買ったのはきっとそのお金でしょう」

「では、ずっと使わずにいたということですか」

ミチルは秀子がコツコツと夢のために貯めたのだと言ったが、それは秀子の脚色だろう。ミチルには本当のことなど言えるはずがない。

「乃木さんも時効になったから二億円が欲しくなりませんでしたか」

「お姉さん、時々おかしなこと言いますな」

「すみません。つい軽はずみなこと言ってしまって」

乃木はその二億円を手にしたときのことを考えてみたそうだ。

「満開の桜はすぐに散るんですな。私は夢の中でそのお金を使いました。ギャンブルもしました。海外旅行もしました。高価な服も買いました。家も買いました。浴びるぐらい酒も飲みました。だが、そのうち、人がたかって裏切りもありました。挙句……誰も信じられなくなりました」

乃木は夢でうなされた話をした。

「私は気持ちを切り替えました。このまま静かに仕事を続けていこう。職を失ったらダメになってしまうと思ったのです」

「どんなお仕事をしてらしたのですか?」

「警察官でした」

乃木の顔は含み笑いをしている。

「とっくに、おわかりでしたよね。私が共犯の駐在です」

いっ子は静かな声で、

「なんで私なんかに打ち明けたんですか?」

「それはあんたがラジオをやっていると聞いたからです。私が死んだら、昭和史に残る迷宮入り事件を公表してもらおうと思いましてね」

「死んだらって、ずいぶん気の長いお話ですよ」

「いや、あと一年もないですよ。医者の見立てがそうなんで」

乃木は外の風景に目を落とし、「末期癌でね」と言った。

いっ子は言葉を失った。

乃木は時計を見て、

「疲れが出てきました。そろそろ帰ります」

とつぶやいた。

「勘定はなんぼですか?」

と財布を取り出した。

「ここは私が持ちます」

いっ子は伝票を手にした。まだまだ訊きたいことがある。ここで帰られるとまずい。乃木は、

「ではお言葉に甘えまして」

と礼を言って、机に手をついた。腰を浮かしかけている乃木に、

「あの、まだ伺ってないことがあります」

「何ですか?」

「秀子さんが日高にいることはどうしておわかりに?」

「一枚の絵はがきからです。四月の中頃でしたか、はがきには水彩画で描いた満開の桜と馬が描かれていました。住職誘拐事件と同じ頃の季節です。差出人の名前はなかったのですが、『日高より』とありました。秀子さんは絵心がありましてね、すぐに秀子さんだとわかりまし

たよ。そうそう、秀子さんは絵描きの友だちとインド旅行に行った話をしましたな。そのとき、何かを吸って、もう一人の自分が飛び出したと話してましたよ」

「そう言ったのですか？」

謎が解けた。秀子が大胆なことができたのはもう一人の自分を出したのかもしれない。

「秀子さんは乃木さんの住所をよくご存知で？」

「探したんでしょうな」

「それで、心が動かれたのですね」

「この歳になりますと同じ思い出を共有している相手はほとんどいない。まして、身代金強奪犯とあっては、あの頃、こんなこともあったよね、と、おいそれと他人に言うわけにもいかん。だから、死ぬ前に秀子さんとよもやま話でもと思いましたが……」

「そうですか……二億円が怖かったとおっしゃいましたが」

いっ子は乃木がお利口さんで終わらそうとしているように思えて仕方がなかった。乃木の心を留めるものがあったはずだ。

「本当のところはそれだけではないのでは？　秀子さんと約束の場所に行こうとされたのではないのですか」

乃木は一瞬目を泳がせた。

「お姉さんにはかなわんな」

乃木は苦笑し、

「母親は気づいてました」

「二人の関係をですね」

「はい。あのとき秀子さんと村を出る約束で、早く家を出ようとしたとき母親が玄関に立っておりましてね、『残ったもんはどう生きろというのだ』と泣かれもしました」

「では、住職とあのときどんな取引をされたのですか？」

「脱税をしてない証ができると……秀子さんは持ち掛けてました」

あの誘拐事件は、いまだに同一犯行説で記事にしている週刊誌メディアがあるほどだ。

「捜査の攪乱《かくらん》をねらったわけですか」

「まあ、一芝居をしたという訳でして。でも、こうやって、時間が経ってみると悪人はいつか滅ぼされる――あのとき村の人たちは罰があたったんだと手を叩いてくれました」

乃木が話したように村の人たちはかばったということだろう。

「感謝です」

乃木は机を支えにゆっくりと立ち上がった。

「あっさり振られてしもたけどな」

そう言って乃木は清々した表情を作った。しかし、告白されたいっ子のほうは重い空気を置いていかれた気分となった。

いっ子は窓の外にぼんやりと目を移した。まだ光は強そうだ。桜並木道の真ん中あたりに、バス停の看板が見える。喫茶室を出ようとした乃木が振り返って言った言葉が蘇る。

「秀子さんはこうも言ったよ。『人違いですから、もう電話などしてこないでください。ええ、人違いです。そうですとも。人違いです。嘘だと思ったらあんた、日高まで見に来てください』ってね。あいつらしい。言葉とは裏腹に誘ってやがる」

「じゃ。行ってあげれば」

「彼女はちっとも変わってない」

「どう変わってないのですか？」

乃木は「これで思い残すことはない」といった顔で微笑んだだけだった。乃木は、おそらく、ずっと楽しい時間を持てなかったのであろう。雪深い平原を一匹狼で駆け抜けてきたように、いっ子には乃木の気持ちが想像できた。

しばらくすると、バス停に向かう乃木の姿が見えた。乃木は窓ガラス越しのいっ子に気がつき立ち止まった。いっ子は手を振った。乃木はにこりとして帽子を脱ぎ頭を下げた。

スマホのベルが鳴った。ミチルだった。

「どうだった？　で、彼はこっちに来そう？」

ミチルは聞いた。

「どうだろう」

いっ子は答えた。

「どうだろうって、どういう意味」

ミチルの気落ちした声だ。

ミチルの後ろのほうから女性の声が聞こえた。

いっ子の目は窓の外に移したままだ。

弱々しい足取りの乃木の姿はバス停にあった。乃木はバスの来る時間がわかっていたのか、すぐにバスが来て乗り込んだ。

電話の声はミチルからあの人へと代わった。

「ありがとうございます」

声に張りがあった。

「感謝します」

きっと凛とした姿であろう。「ご苦労様でした」と、「あの人」は何度もお辞儀をしているように感じた。

「乃木さんは末期癌だそうですよ」

いっ子は「あの人」に言った。あの人のむせび泣く声が漏れてきた。

秀子は男と連れだって北海道に渡ったが、乃木のことが頭から離れなかったのだろう。秀子は乃木に詫びる気持ちを持ち続け、北の果てで身を縮め、ミチルが言うように乃木を見守っていたのかもしれない。しかし、秀子は乃木の人生を狂わせてしまったのだ。秀子は一言詫びが言えなかったのだろうか。そしたら二人の人生の最後の幕も美しく降ろせたかもしれない。秀子はヤドカリのままだったようだ。いっ子にはそう思えた。

「乃木さんはこちらに来そう」

声はミチルに変わった。がっかりした声で、

「せっかく引っかけたのに」

「ミーちゃんはわかってないのね。乃木さんはあれからずっと独身よ」

「それどういう意味」

ミチルは秀子たちがやった誘拐事件のことは知らないようだ。

「何でもないの。二人は話を交わしたのだから神戸に帰って来てよ。約束でしょう。秀子さんはまだまだの人なのよ。大丈夫よ」

「なんでそんなこと言えるの」

「声から感じるわ。さあ、早く帰って来てよ。『奄美のママ』が待っているのよ。それから、良い刺激になったわ。ありがとう」

ミチルの電話は切られた。

いっ子はスマホを取り出し、中島みゆきの『狼になりたい』を聴いた。イントロの大太鼓の音が鳴り響く……いっ子を雪深い平原に連れて行く。ここは真冬だ。だが、一歩外に出る

と現実は猛暑だ。

完

第三部 「ランボー」

時計の針はとっくに十二時を過ぎて一時に差しかかっていた。小山いっ子は、

「メリークリスマス」

そう言ってから、

「彼女たちはとうとうやってくれましたね」

――乃木勉に喜びの電話を掛けてきた。

(彼女も新聞記事を見たのだろう)

「もっと早く電話を掛けたかったのですが」

いっ子は末期癌の乃木に気を使ってか、朝は気分がすぐれないと思ったようだ。

「こんな嬉しい日をむかえるなんて」

そう言ったいっ子の声は目がうるんでいるようだった。

「本当に……」

湿っぽくしやがる。朝刊の文化欄には高校生四人グループが全国コーラスコンクールの金

賞に輝いたと、菜々緒、杏子、エリカ、マリーの顔写真が載っていた。

「彼女たちはこれからですよね」

いっ子が言った。

「これから、彼女たちに何が起きるかわからんが、楽しみです」

乃木は答えた。

「では、私はこれから彼女たちの朗読の原稿を書きますので失礼します」

乃木も、

「では、月曜の深夜のラジオ朗読を楽しみにしてます」

――乃木はいっ子と言葉を交わしたのだった。

乃木は食卓テーブルの椅子に座って朝読んだ十二月二十五日の朝刊をまた広げた。乃木はペット犬のランボーに「彼女たちはやりおった」と話しかけた。乃木は嬉しくてたまらなかった。ランボーは乃木の目をじっと見つめ、目で「うん」と言っている。乃木に寄り添っているランボーはワンワンが言えない。まったく言えないわけではないが、乃木がいつも話しかけるのでワンワンを忘れてしまったかのようだ。ランボーは乃木が腰かけている横の椅子の下で寝そべっている。

「彼女たちは自分たちで人生を切り開いていこうとしている。あっぱれだな」とランボーに言ったがランボーは眠りの中だ。

乃木は一九八九年の住職誘拐事件を思い出していた。その光景は消えるわけがない。年とともに濃くなっていく。

住職の元妻だった秀子に迂闊にも職務に使う拳銃を奪われた。警察官として大失態をやらかしたのだった。思えばあのとき、西日がすだれ越しに秀子の顔に影を作っていた。歪だった。そのときの秀子の表情は今でも思い出せる。秀子は交番にいる乃木に差し入れをよくしてくれた。そして雑談をして帰った。あのときも夕食を差し入れてくれて雑談をした。

秀子は拳銃を見つめて、

「この村でこの拳銃を使うことはまずないでしょうね」

と言った。そこに大きな意味が含まれていたことには気がつかなかった。

「警察官が銃を使うようなことがあっては困るよ」

秀子は拳銃を手に取り、

「このまま引き金を引いても弾は出ないいんでしょう」

と訊いた。

「もちろんだ。安全装置を外さないと」

と言いながら乃木は安全装置を外して見せた。だが、すぐに元に戻した。秀子はその拳銃を使い住職と取引したのだった。乃木はこのことは冥土まで持って行くつもりだ。

秀子は離婚の話になったとき、わずかな慰謝料では気が収まらなかった。裁判などややこしいことはしたくなかったが、どうにかして大金をせしめ報復することを望んだ。あの誘拐事件は、叩けば埃が出るのは坊主のほうだったからこそ、それを読んでの犯行だった。

乃木は秀子からお寺の裏山の畑の物置小屋に呼び出された。行ってみると秀子は住職に拳銃を突きつけていた。乃木は住職を縛りつけるのを手伝った。そうせざるを得なかったのだ――言い訳がましいが、成り行きだったとしか言いようがない。物置小屋でそんなことが起きていようとは思いもしなかったのだ。乃木は失った拳銃を探すのに必死だった。どちらかというと……腰が抜ける思いをしたのだった。

「どうするつもりだ？」

住職は秀子に向かって怯えながら言っていた。

「身代金として二億円出してもらいます」

秀子は落ち着いた沈んだ声で言った。その声は今でも耳から離れない。

「そんな大金、どうやって？」

「駐在さんに運ばせてください」

住職は、乃木に「お前も共犯か！」と叫んだが、記憶が飛んでいる乃木はどう応えたのか思い出せない。ただ、否定できなかったことは確かだ。ここで「知らない」と引き下がれば秀子を見捨てることになる。乃木にそんなことはできなかった。

＊

部屋からはわずかな星座が見える。雨上がりで星は光を増していた。乃木は窓辺に置いている天体望遠鏡を覗いてみる。

乃木は大阪湾のほうに望遠鏡を向けた。

乃木のいる部屋からは海が見え、ビルの谷間から分割された六甲山も見え、眼下には公園も眺められた。

乃木はこの部屋を気に入っていた。この部屋の広さは一ＬＬＤＫで天井が高く、圧迫感がなかった。ランボーと暮らすのには贅沢な空間だ。そこにベッドを置き、ソファーを置き、食卓テーブルを置いている。朝焼けがあり、空が明るんでいくのが見られる。夕焼けがあり、光の束は部屋に射しこんでくる。夜空にはわずかな星と欠けて行く月がある。天体望遠鏡の奥には魔法をかけられたように宇宙を彷徨うことができた。日中は保育園児が保母さんに連れられて公園で遊ぶ姿が見られる。窓を開けていると風にのって保育園児の声が入ってくる――それらは乃木から寂しさを遠ざけてくれた。今まで贅沢をしてこなかった乃木だったが、ここで一生分の贅沢を楽しんでいた。

夜の三日月は公園の真上に来ていた。時計の針は午前零時に差しかかっていたが、月曜の深夜ではなかった。

乃木は月曜日が待ち遠しくてランボーに話かけた。

「小山さんは四人の活躍を朗読でどのように語ってくれるのだろうかな？」

だが、ランボーは眠りの中だ。乃木は夜空に目を移した。月は通りすぎていた。

乃木が誘拐事件のことを小山いっ子に打ち明けたとき、

「本当は秀子さんと村を出るつもりだったのが、お母さんに引き留められたのでは？」

といっ子は鋭い感性を発揮した。秀子がインド旅行をして、もう一人の自分が出た話にも謎となっていたのを解いた。あれは彼女特有の直感だろう。

乃木の母親は秀子のことを、その後、一切口にしなかった。おそらく怨んでいたのだろう。思いとどまらせた母親の力強さに乃木は苦笑し、改めて感謝した。

今の乃木は、時間だけが刻々と過ぎ去っていった頃とは違っていた。そうさせてくれたのは、ランボーと目の前の新聞に載っている四人の女の子たちだった。

＊

彼女たち四人と乃木が知り合ったのは残暑が厳しい九月の初めの頃だった。乃木は涼しくなる時間を見計らってランボーといつもの公園に散歩に行った。

ベンチに腰かけていた乃木の前を赤とんぼが横切った。

「もう赤とんぼが飛んでいるぞ」

乃木はランボーに言った。すると、仔犬と散歩に来ていた女性が勘違いをしたのか、

「ほんと、赤とんぼが飛んでますね」

と声を掛けてきた。仔犬は三倍ほど体が大きいランボーと挨拶を交わしてから、女性と一緒に立ち去った。

乃木は近くから聞こえてくる話し声が気になっていた——二メートルほど離れたテーブルには、女の子四人が座って話していた。彼女たちは高校の制服を着ていた。髪の長い子が学生鞄から通帳を取り出し見せていた。

「へえ、一千万円も貯まってたんや」

三人は顔を見合わせ驚いていた。

乃木は「高校生がどうしてそんな大金を持っているのだ」と気になり、ついつい長年の仕事がら耳をそばだてた。

「これをどうするかや」

髪の長い子が言った。三人は「菜々緒が持っているのが安全」だと口を揃え答えていた。

髪の長いのは菜々緒というらしい。

「杏子は何か使いたいことある？」

菜々緒はポニテールの子に訊いている。

ポニテールの子は杏子という名のようだ。杏子は、

「今のところはわかんない」

と答えていた。

「エリカはどうや」

菜々緒は一人一人に訊いている。

「学習塾に行きたいけど、ダメかな」

と大人顔のエリカは言いにくそうに話した。乃木は意外だった。これから私服に着替えて、
遊びに行くものだと見ていたからだ。

「いいよ」

菜々緒は了解と丸を作り、

「私と同じ塾に行く？」

と誘った。

「ほんま⁉」

横から杏子が、

「私も行きたい」

と口を挟んだ。

「マリーはどうする？」

「私も塾に行っていいかな」

ハーフ顔のマリーは控え目に言っていた。乃木は度肝を抜かれた思いだった――。

(どういうグループなんだ？)

「じゃあ、みんなで特訓や」

お金の使い道が決まると菜々緒はランボーと戯れている乃木のほうに目がいった。

「何か気になるで、あの茶色のワンちゃん」

菜々緒が言った。

「そうやろ」

三人も気になっていたのか口を揃えた。菜々緒は立ち上がった。それが合図のように、四人はランボーの側にやって来た。

「名前は何て言うの？」

菜々緒が訊いた。

「ランボーって言うんだ」

近くにいた飼い主の乃木が答えた。

四人はランボーを囲みその短い毛並を撫でている。

「何犬？」

エリカが聞いた。

「わからない」

乃木は本当のことを言った。

ランボーはまだ尻尾を下げて構えるポーズをしている。

四人は乃木に自己紹介をしてくれた。先ほど乃木が耳にした通りの名前だった。

やがて菜々緒が鞄からおやつのクッキーを取り出した。それを見たランボーは、菜々緒の前でお座りして顔を上げた。

「これ、やってもいい？」

「少しなら構わんよ」

女の子一人一人がクッキーを手にするとランボーは四人に向かって飛び跳ね尻尾を振った。

「ランボーと駆けっこしていい？」

杏子が訊いた。乃木はうなずいた。

杏子は首輪の紐を受け取ると、

「ランボー行くわよ」

と薄い土埃を立て駆け出した。遠目に杏子はランボーに引っ張られているように見える。

途中ランボーは草むらにおしっこをして、また駆けだした。だんだんと姿は小さくなっていく。しばらくするとまたおしっこをしてから駆け出した。一周してくると、マリーと代わった。そうしてランボーは代わる代わる四人と駆けっこをした。

ランボーは上機嫌のようだ。

「ランボー嬉しいな」

と乃木が声を掛けるとランボーは乃木の顔を見つめた。「うん」と言っているように女の子たちには見えたのか、四人の女の子は「人間の言葉がわかるみたい！」と口を揃えた。

「あれ、そういえばワンワン言わないね」

マリーが不思議そうに言うと、他の三人も乃木に顔を向けた。

「そうなんだ。ランボーは宇宙から来たんだよ」

乃木は笑いながら言った。が、まんざらではなかった。天体望遠鏡を覗いている乃木は、本気でそう思うことがあった。

乃木はポケットからボールを出して、ランボーにボールを軽く投げてやった。するとランボーは上手く口に咥えた。みんなはパチパチと手を叩いた。そのボールをランボーは菜々緒に持って行った。そのボールを菜々緒は投げてみた。ランボーは飛び跳ねながらボールを咥えた。また四人はパチパチと手を叩く、今度はエリカの番だ。最後のマリーのときはボールが大きく飛んでランボーは勢いよくボールを追った。そのあとランボーにはご褒美のお菓子が待っていた。

しばらくしてマリーが歌い出した、続けて三人がハモった。

「良い音色だ」

乃木は素直な感想を言葉にした。

四人はよほど嬉しかったのかニコリとして顔を見合わせた。

「うちのコーラス部は全国コンクールに出場もしたことがあるのよ」

と、菜々緒は言う。四人は高校の部活で仲良くなったそうだ。

太陽は六甲山の麓まで来ていた。

「じゃあ、また明日ね」

そう言って彼女たちは乃木と別れた。

公園の真ん中あたりでエリカの声がした。乃木が振り向くとエリカが手を大きく振っていた。乃木はうなずいた。

*

ランボーが四人に駆けっこをしてもらうようになって一週間が経っていた。残暑は続いていた。乃木は次第に四人のことをいろいろ知るようになっていた。

四人と初めて会った翌日の水曜日のことだ。四人はテーブルを囲んで話していた。乃木とランボーはベンチに腰掛けて話が終わるのを待った。

「どうしたんや?」

菜々緒の声が聞こえる。エリカの声は小さくて聞こえなかったが、エリカは渋って「うん……」と言ったのだろう。

「エリカ、うんではわからへんで」

菜々緒のきつい声が響いた。

「ママの男が最近家に来るようになって、今のところは何もないけど」

杏子が首を突っ込んで、

「何もないって？」

「男は映画に出てくるようなセックスシーンを見せつけるんや。それだけならいいけど、私の顔見てにやにやして気持ち悪い」

エリカは嫌で、嫌でたまらなそうだ。

（やばい話をしとる）

と聞き耳を立てた乃木は目を細めた。

「ママはどうしてるの？」

菜々緒が訊いた。

「あのバカ喜んでる。『娘がいるのよ』って、言いながら」

「気をつけや。何かあったら飛んでいくから」

杏子が言った。

「何かあってからでは遅いんや」

菜々緒は杏子の頭を小突いていた。

マリーはランボーが気になるのか、話の途中で「ランボーが来てるよ」と言ってくれたので、やっとランボーはお待ちかねの駆けっこに興じた。

翌日の木曜日も四人はテーブルに着いて話をしていた。エリカは深刻な顔を作っていた。昨日の続きなのだろう。

しばらくしてテーブルの中央にスマホが置かれると、音声をスピーカーにして話し始めた。杏子が代表で話しているようだ。

「エリカのママに代わってほしい」

「おらん」

ぶっきらぼうな男の声が聞こえた。

「いないの？　そしたら、エリカは私の家で定期テストの勉強するからと言っといて」

「どうしてエリカが掛けてこんのや」

声からすると男は三十ぐらいに思える。

「嘘やと思われるからや」

「どうせ嘘やろ」

四人は顔を見合わせた。マリーは肩をすくめ大きなジェスチャーで呆れた表現を作っている。

「嘘やない。あんたはどこのどなた様や」

杏子は機嫌を損ねたようだ。杏子は四人の中で一番勝気な子と乃木には映っていた。

「エリカに訊いてみろ。パパやと言うで」

「エリカは母親と二人暮らしやで」

「じゃかましい」

男は笑いながら電話を切った。

「厚かましい男や」

菜々緒が言った。

マリーは、

「エリカが帰りたくないのがわかる」

と同情していた。杏子は、

「ヤバそうや。テスト中は私の家にいたらええで」

とねぎらっていた。

「そうやな、終わってから考えよう」

と菜々緒が締めくくったようだ。

「三人はエリカを思いやっているぞ」

乃木はランボーに言った。ランボーは乃木の目を見つめている。

「そうか、そうか、お前もそう思うか」

乃木はランボーの頭を撫でてやった。

四人は話が終わったのか、いつの間にかランボーと駆けっこが始まっていた。

三日目の金曜日。

乃木はいつもより公園に行くのが遅かった。

乃木は疲れていた。それが目立ったのか、四人は心配顔をした。

「今、交番からランボーを連れて帰って来たところなんだ」

「え、ランボーが何か悪さしたの」杏子が聞いた。

「そうじゃないんだ。宅配が来てな、ドアを開けた隙に出てしもうて、エレベーターに乗ってるランボーは防犯カメラに映っていたんだが」

「エレベーターに自分で乗ったの」不思議そうにマリーが聞いた。

「どうも自分でボタンを押したようでね」

乃木も驚いたが、それを聞いて四人はもっと驚いた。「宇宙人だ」菜々緒が言った。三人はうなずいた。

マリーが、

「ランボー、本当はどこから来たんや？」

と訊いた。ランボーは四人の顔を見ている。乃木は、

「さあね、気づいたらここの公園にいたんだ」

と明かした。

「それでついて来たんだよな」

乃木はランボーに言った。

「だから何犬かわからないのやな」

このあいだ問うたエリカが言った。

「そうなんだ。迷子になったのかと思って、前の飼い主が現れないかと公園に来るんだが現れないいんだ」

「やっぱりランボーは、あの空から円盤に乗って来たのに違いない」

マリーは夕暮れの空を見上げて言った。乃木もマリーが言うようにランボーは遠い所から円盤で連れて来られたように想像したことがある。

ランボーはマリーの顔を見ていた。

「じいちゃん、私の顔見てるよ。これって、『うん』と言ってるのかな」

「そうかもしれんな」

乃木は笑って言った。その目は皺に埋もれてなくなっている。

四人は「じいちゃんを困らせたらダメだよ」とランボーに言い聞かせた。ランボーはシュ

ンとして下を向いてしまった。四人はランボーにおやつをあげた。

現金なことに、ランボーは愛嬌を振りまいた。

その後、駆けっこが始まった。

エリカは浮かない顔でメールのやり取りをしていた。それを見ていた菜々緒が、

「またママ？」

菜々緒は手を出した。それを寄こせという意味らしい。エリカはスマホを渡すとランボーと走り出した。受け取ったスマホを三人は覗き込んでいる。

彼女たちの顔色からして、良いことではなさそうだ。

乃木は四人が揃うと、

「なんか問題を抱えてるのかな？」

訊いてみた。返事はなかった。

「何やら四人で毎日話し込んでいるじゃないか」

「えっ⁉」

四人の重なった声がびっくり仰天をしていた。四人は乃木がいつも知らん顔でいたので何も聞いてないと思っていたようだ。

「少し、耳に入ってきてな。よければ話してくれないか」

四人は顔を見合わせた。

「じいちゃんに心配かけたくないんや」

エリカが言った。

「もう、心配しとるよ」

乃木は言い返した。

菜々緒は「見てもらえ」という合図なのかエリカに目配せした。エリカは母親とのスマホのやり取りを乃木に見せた。

やり取りはこうであった。


――テスト頑張ったか。いつまでもいたらそちらの家の人にご迷惑やで。

――本当にそう思ってるの。あの男は出て行ったんか。

――なんで出て行くねん。嫌いか。

――嫌いに決まってるやろ。

――じゃあ、出て行ってもらうから帰って来て。手伝ってほしいんや。

――お断りや。

――パパからお金もらうんやで。

――パパって、誰のパパや。

――あんたのパパに決まってるやろ。

――今度はどんなパパや。

――やってくれるのね。

――あのときのお金は使ってしまったんか。

母親はそれには返事がなかった。

――ホストクラブやろ。


「母親は詐欺でもしようというわけか」

乃木は聞いた。エリカはうなずいた。

「偉いぞ。ちゃんと断っているじゃないか」

乃木はエリカを褒めてやった。

「私はママみたいな綺麗な顔なんかになりたくない」

「ママは綺麗な人なんだな」

彼女たちはうなずいた。

「あの顔は整形顔やねん。『綺麗なママ』と言われて自慢したこともあったけど、あの顔は男を寄せつけ、怠け者にする悪い顔や」

エリカは悲しそうな表情を作った。そんな顔をされると、どうしたらいいのかわからなくなってしまう。警察官の性質が染みついている乃木は、取り調べの扱いは得意だったが、こういうときの扱いは不慣れでどう慰めてやればいいのかまごついてしまった。とりあえず三人がエリカに同調してうなずいてくれたので、

「みんなもそう思うのか」

――乃木は三人に向きなおった。

彼女たちはおじさん相手に美人局をやっていたことを告白した。そして彼女たちは捕まり、家庭裁判所ではなんとかお咎めなしで終わったことも打ち明けた。

元警察官の乃木には、彼女たちが普通の家庭で育ってないことがすぐわかった。だから女の子たちの話を聞いても、乃木は「そうか」としか言わなかった。反省したからこそ隠さず話したのだ――ランボーと遊んでいる四人は楽しそうに映った。かつては不良少女だったようだが、今の彼女たちからは微塵のかけらも感じさせなかった。

そもそも彼女たちが美人局に走ったのはエリカの母親が詐欺まがいのことをやっていて手伝わされたことからだった。それを真似してみようと言い出したのが、リーダー格の菜々緒だった。

菜々緒の家は富裕層に入る家庭だったが、菜々緒は非行に走った。父親が愛人を作り子どもまでいた。子どもは男の子が外に三人で、本家本元の子どもは菜々緒だけだった。そういうこともあって夫婦仲は悪かった。菜々緒は憂鬱な母親の顔を見ながら育った。菜々緒は父親と顔を合わせるのは年に五、六回ほどで実質母子家庭のようなものだった。なぜ離婚して

ないのかというと、母親は夫の会社の株を五十パーセント所持していたのだ。それは菜々緒の祖父から受け継がれたものだった。だから、父親は離婚を避け続けている。そういう理由で菜々緒は、「世のオヤジを懲らしめたくなった」と乃木に語った。

杏子の家はいつも外食だった。母親が台所に立つ姿を見たことがない。母親は保険の外交をしているが、パチンコに狂っていた。数年前の夏のことだが、とある若いママさんが幼い子どもを車に放置してパチンコに興じ、車の中の子どもが熱中症で亡くなる事件があった。ワイドショーは大騒ぎだった。杏子の母親もその頃から、パチンコ屋に入り浸りになったそうだ。それまでは杏子を育てるのに夜は皿洗いのアルバイトをしていたという。パチンコでそれぐらいは稼げるようになったということらしい。

保険の外交の仕事はノルマがあるそうで、ノルマを達成していれば固定給が入って来るという。そこで母親は頭を使った。パチンコで親しくなった人に加入を勧め、入ってもらった。一石二鳥のことをやったのだが、加入といってもノルマの達成のためだからほとんど母親が掛けて、ある時期になると解約するということをやっていたらしい。

杏子は中学生の頃、二週間ほど友だちの家を転々として遊んでいたことがあった。そんな杏子に母親は怒るでもなく無関心だった。

「あのとき、『何や、帰ってたんか』って、それだけやで。じいちゃん」

と杏子は言った。だから、エリカが杏子の家に長居しても問題ないというわけだ。杏子はもっと、「私を見て」と言いたかったのだろう。杏子の家出は母親に対する反抗からだったようだ。

マリーは母親がフィリピン人のハーフだ。母親はプロの家政婦である。もとはシンガポールで働いていたが賃金の良い日本にやって来たというわけだ。母親は永住権が欲しいがためにマリーを産んだようなものだった。

父親は怠け者で早く言えば紐男だ。母親はそんな夫に愛情などなかった。母親にとってはそのほうが割り切れて気持ちが楽だった。というのは、母親には国に二人の子どもを世話している夫がいたのだ。だから国に仕送りをしなければならなかった。母親は二十四時間家政婦で働きずくめだった。母親は「賞味期限が切れたら捨てなければ」と、いつしかマリーにぼやくようになった。永住権が手に入ればお払い箱ということらしい——。

「私は何なんや」

とマリーは乃木に訴えた。

そんな訳ありの彼女たちだが、ランボーといるときは無邪気だった。

マリーはランボーが防犯カメラに映っていたことを聞いて、

「エリカの家のリビングに防犯カメラを置けないかな。ママが防犯カメラがあるから仕事がしにくくなったと言ってたで」

菜々緒はそれを聞くと防犯サイトを探し出し、

「これやな」

スマホを見せた。

彼女たちの手際は良かった。その日のうちに防犯カメラを取り付け、その画像は四人のスマホで確認できた。エリカはその日から家に帰ったようだ。

「便利な世の中になったもんだ」

と乃木は感心した。文明の利器の発展は乃木の子どもの頃からは想像もつかないことだった。今の子どもは知らないだろうが、乃木の子どもの頃は星が頭の上にあった。プラネタリウムの星とは違う、本物の星の輝きを見て育ったものだ。

どうして夜になると岩が輝き星になるのだろう。乃木はそれが不思議で、天体望遠鏡が欲しくてたまらなかった。それをねだれる家庭ではなかったが、今になってそれを叶えている。今はその宇宙に衛星をボンボン打ち上げ地球を支配している。だが、いつだったか、いっ子がこんな朗読をしていた。かいつまむと、「神戸で震災に遭ってから、それまでは地球は人間のものだと思っていたが、地球に住まわせてもらっていると思えるようになった。さらに、東北の津波の映像を見てその考えは固まった」と。

乃木は大阪に住んでいたので、さほど震災の痛みはなかった。東北の津波は映像を通してだった。痛みは体験してないが天体望遠鏡を覗き魔法にかけられたように宇宙を彷徨えた乃木は、いっ子が言う「住まわせてもらっている」という考えには賛成できた。

だから、ワンワンを言わないランボーは、ひょっとして宇宙からやって来た生物じゃないか——そんな気がしてならなくなっていった訳だ。

＊

エリカが家に帰って三日が経った。

「あれ、エリカが公園に来てるぞ」

自宅の窓辺に立っていた乃木はランボーに言った。ランボーも窓辺にやって来た。

エリカは公園内の水道の蛇口を締めていた。ちょうどその時、乃木とランボーが目の前に立っていたのに気づいて、エリカは飛び上がった。

「すまん、驚かしたか」

「心臓が止まるで」エリカは顔をそむけたまま冷ややかに言った。

乃木はエリカの顔の腫れを見てとった。

「顔、どうした？」

「……なんでもない」

エリカは下を向いたままだった。ランボーがエリカの側に行った。エリカは感情がこみ上げてきたのかランボーを抱きしめた。するとエリカは大粒の涙を落とした。ランボーはエリカの涙を舐めてやっている。エリカはくすぐったいのかランボーに笑顔を向けていた。

「何でもないことはないやろ。誰にぶたれた」

エリカはすぐに答えなかったが、小さな声で「ママ」

とつぶやいた。小さな声だったが聞き返さなくても乃木の耳にはっきりと入った。

「なんか悪いことしたのか?」

「何もしてない」

「何もしてなくてぶつ親がいるか」

「もう何でもないの」

エリカは乃木にそっぽを向けてしまった。

ランボーと戯れているエリカは、

「ランボー、ETのように星に帰ったらダメだよ。私の側にいてね」

乃木が密かに恐れていたことをエリカが言った。乃木はその言葉が耳に入らなかった振りをした。

「さあ、今日から塾だろう。塾に行きなさい。三人が待っているよ。話はそのあと聞かせてくれないか」

そこに三人が血相を変えて走って来た。三人はエリカに「大丈夫?」とそれぞれが心配顔を向けた。

三人が飛んできたということは、エリカの顔の腫れの原因を、みんなが知っているのだろうと、乃木は考えた。

「じいちゃん、どうしてここに?」

菜々緒は乃木がいたので驚いた。

「たまたま通りかかってな」

乃木は濁して言った。

何やら興奮している菜々緒は、防犯カメラのサイトから送られてきた動画を乃木に見せた。動画には男の顔が出た。エリカを蹴り、蹴とばし、襲いかかった。エリカは必至で抵抗していた。男は手荒だ。とうとう牙をむいたか。

そこに引きつった母親の声がした。

「何してんねん」

母親の後ろ姿が映っていた。

「こいつに色目使われてな」

男の顔はにやにやしている。

母親はエリカをぶった。血が上っている母親は、

「出て行き!」

と言い放った。男に向かってではなかった。エリカにだった。エリカは母親を睨んだ。

乃木はエリカが可哀想になったが、ここは鬼にして
「そろそろ行かないと塾に遅れるぞ」
と四人を送り出した。

＊

数日後、ランボーと乃木は四人をずっと待っていたがなかなかやって来なかった。

「若い男に走ってる母親をぎゃふんと言わせないといかんな」

乃木はランボーに言った。ランボーは乃木の目を見ている。

「お前もそう思うか……」

ランボーは乃木の膝に身を寄せてきた。

公園には他に誰もいなかった。残暑はまだ残っていたが風が気持ち良い。

「秋風が出てきたな」

乃木はランボーに言った。

陽が沈んで間もなく、久しぶりに四人が公園にやって来た。

エリカは元気を取り戻していたようだった。四人は不幸を忘れたかのように、ランボーと駆けっこした。やがて走り疲れたランボーは水を飲むと横になった。西の空は久しぶりに

真っ赤な夕焼けが広がっていた。四人は山田耕筰の『赤とんぼ』の歌を口ずさんだ。息の合ったハーモニーが乃木の心に入ってきた。ランボーはその歌声に耳をぴくぴくと動かした。乃木は岡山県の備前市にある山間の閑谷学校の風景を脳裏に浮かべていた。池田の殿様が庶民のために創った学校だった。街のきらびやかなイルミネーションの華やかな世界とはかけ離れていた。乃木はそこが好きだった。身が引き締まった。作詞家の三木露風はここで学び、名曲『赤とんぼ』を生み出した。

乃木はエリカがいつ話を切りだすのか待っていた。時が夕焼けを消し、空が薄青紫に代わると外灯が点きだした。いつもの別れる時間は過ぎている。乃木の心は引っかかったままだ。乃木はたまらず、とうとう口にした。

「よければ、この前のお昼の続きの話を聞かせてくれないか?」

エリカは下を向いて何も言わなかった。三人も下を向いていた。ちょっと沈黙になった。

「大丈夫です。じいちゃんに心配かけたくないんです」

杏子が代わりに言った。

「心配があるのだったら聞かせてくれないか。聞かないで帰ったら落ち着かんよ」

三人は菜々緒に顔を向け、菜々緒の答えを待った。

「大丈夫です。杏子の家にもう少し置いてもらってエリカは勉強頑張ります」

「……そうか」

乃木は心配かけまいとする四人がいじらしく思えた。そんな彼女たちは頼もしく、大人びているが見た目と違い大人にはまだまだほど遠い。乃木は高校生を補導するたび、そう感じたものだった……。乃木は「そうか」とは言ったものの、簡単に引き下がるわけにはいかなかった。

「この前、公園で男を囲んでいたが、あれが家に来ている男なんだな」

「じいちゃん、なんで知っているの？」

驚いた菜々緒が問いかけてきた。乃木はニヤリとした。

「家から公園が見えるんだよ。あの日のことはよく覚えているよ。男が去った後、小雨が降りだしてもなかなか帰らなかったじゃないか」

そこまで言われると、菜々緒は「実は」と口を開いた。そして男を公園に呼び出した話をした。男はエリカが座っている横に腰掛け、

「どうしたんや？」

とエリカの肩に腕を回した。乃木が見た光景だ。

エリカは、

「何すんねん」

と振り払ったが、男は、

「わざわざ呼び出したんやから、ママにするようにして欲しかったんと違うのか」

とエリカをなめてかかった。

「アホなこと言わんといて。そろそろ出て行ってんか。それでないとママに言いつけるで」

「言いつける？　娘に愛しい人を取られたと知ったらどうなると思うんや」

男は勝手な方程式を作っていた。母親がぞっこんだと言いたいらしかったが、エリカは母親が男に走るのを何度も見ている。今回はちょっとタチが悪そうな男だっただけだ。

「さあ、行こうか」

男はエリカの腕を取った。そのとき、どんよりした空の下に三人が現れた。

「お兄ちゃん、どこに連れて行くつもりや」

杏子はドスを効かせ遮った。マリーも負けじと、

「なんや誘拐か」

とドスを効かせた。男はビクつき立ち上がった。立ち上がった男にさらにマリーは、

「誘拐して売り飛ばすつもりか」

と強気に出た。男は、

「じゃかましい。どいてくれ」

と言って四人を払いのけた。

「今後、エリカにちょっかいかけたら、ただでは済まんよ」

菜々緒の爆発で、男は逃げるようにして公園を出て行ったそうだ。

しかし、だ。男を脅したつもりだったのが、逆にやられてしまった。菜々緒は防犯サイトから送ってきた獲物を狙った画像に「男はうちらに舐められた腹いせや」と悔しがった。その顔は報復を匂わせた。

「報復のようなことを考えるんではないよ」

乃木は先回りして言った。

「考えたら悪いんか」

杏子は反抗的だ。「うちらは拳法を習わんとあかん」とも言った。

「そんなことしてどうなる」

乃木は言った。

マリーはエリカに不服なのか、

「エリカのためやのに、エリカはそんなことするとランボーが遠い所に帰ってしまうと言うのや」

エリカは、

「そんなことしていたらランボーが悲しんで、ＥＴのように帰ってしまうような気がするんや」

「悲しむから行ってしまうのか」

乃木は訊いた。

「ランボーは不思議な力を持っているような気もするんや」

「不思議な力？」

「うーん、どう言っていいのか……よくわかんないけど、ランボーと走っていたら宙に浮いたような感じになって……何もかもイヤなことは忘れさせてくれるんや」

乃木もランボーが側にいると癌があるのに癌を忘れていられる。それは不思議な力からきているように思えるのだ。自然に癌とつき合えて痛みを感じないようにさせてくれる。

「他の三人はどうなんだ？」

「そんなこと感じたこともない」

と杏子が言った。乃木は他の二人にも目を動かした。二人は首を振った。菜々緒が、

「単なる夢を見たのと違う？」

と妄想だと言いたいらしい。

菜々緒は真顔で話を変えた。

「エリカは母親を提訴したいと考えてます」

いきなり突拍子もないことを言われた乃木は、思わず尻餅をつきそうになった。すかさずマリーが背後に回って支えてくれた。

乃木はかつて警察官だったが、さすがに高校生からそんなことを言われたことはなかった。

「そんな話し合いを四人でしていたのか、今日は塾に行かなかったんだな」

四人は素直にうなずいた。

「男はいつまでたっても家から出て行かないし……仮に出て行ったとしてもママはまた同じことの繰り返しやから」

　エリカは胸の内を明かした。乃木は何とかせねばと思ったが、ともあれ四人の判断には感心した。ふと、秀子が住職に暴力をふるわれていたときのことが蘇った。

「その前に話し合いはしないのか」

「話にならないのです。ママのやってることは、あれは病気です」

　エリカは率直な心情を露呈した。乃木は淡々と語るエリカが不憫だった。それが言えるまでの苦悩は計り知れないものがあっただろう。仲間の三人はエリカを守ろうとしている。

　今日の乃木は、はね除けてしまいそうな力を持つ四人の少女たちにグイグイと引っ張られて行く。秀子のときのように浅はかなことはするでないと自分に言いきかせた。それまでの乃木は目立たない交番のお巡りになりきっていた――自分を殺し親しい友だちも作らなかった。酒も飲まなかった。酒に手を伸ばすと溺れてしまう自分を恐れた。唯一、子どもの頃から習っていた剣道だけは早朝の稽古を続けた。ただやっているだけで野心などない。剣道をやっているだけに留めていたが発散させていたのかもしれない。もし、彼女たちから「生きる楽しみは？」と問われたら、乃木は答えられないだろう。はぐらかすだろう。はぐらかすことは誰にも負けやしない。乃木はそういう自分に苦笑した。彼女たちは秀子と違っていた。秀子のように内に秘めていたものを爆発することはしない。四人の団結で立ち向かって行こうとする。そんな彼女たちの力になってやらねば……乃木は木刀を握りしめてきた拳に目をやった。筋肉は緩んでない。力はまだあった。

＊

「取材させていただいてから一ヵ月経ちましたが、お元気な投稿に喜んでいます。楽しい毎日を送られていらっしゃるのは何よりです」

乃木がいっ子のラジオに投稿した翌日、いっ子から電話が掛かってきた。

「死の間近にどんでん返しがあるんですから。人生のレールには思いもしなかった展開が待ちうけていたという感じです」

「嬉しいことですね」

「もう少し生かしてほしいと、生きるのに欲が出てきました」

「良いですね。若者と接するのが良い薬になってるのでしょうね」

「はい。なんというか、日なたぼっこのようなポカポカした温かさじゃないんですよ。血液が手先まで行き届いた温かさなんです。小山さんわかりますかな」

「お声が違いますよ。エネルギーが漲ってますよ」

乃木が一ヵ月前に小山いっ子に言った言葉だ。

「若者の問題は会ってから聞かせていただきます。で、その若者の四人は歌がお上手なんですか？」

「そうなんです。コーラスで有名な高校で喉を鍛えているようです」

「歌声も聴かせていただけるんですね」

「聴いてやってもらえますか？」

「ラジオ局から録音をしてくるように言われました」

「と、言うことはラジオで流してくれるということですか？」

「ラジオ局の人たちが流せると判断すればのことですが」

「ウキウキさせないでくださいよ」

電話の向こうの小山いっ子の声は微笑んでいるような感じだ。

「身寄りのない私はひっそりと、後始末をしてくれるところでご厄介になろうと、そんな考えでいましたが、ここで精一杯生きてやろうと思うようになりました」

「良いことですね」

「小山さん、後始末を頼んでいいかな」

「え、何と言われました」

「いや、勝手なお願いですよね」

「死んだときのことを心配されているのですか」

「はい」

「大丈夫ですよ。さっき、どんでん返しがあるとおっしゃったところですよ。今を楽しんでください」

「ありがたいです」

乃木との約束の日がやって来たいっ子は、四人の取材と歌声を録音するため、公園に来た。四人は見覚えのあるいっ子の姿を見て驚いた。いっ子も思わぬ再会に興奮を抑えきれなかった。世間は狭かった。その驚きに乃木は、

「もしかして、知り合いだったの？」

と聞いた。

「そうだよ。びっくり！」

と四人は声を揃えた。縁とは不思議なものだ。いっ子は、

「普段の行いで縁は繋がっているような気がする」

と言った。続けて、

「あなたたちが勉強していたことが嬉しい」

いっ子は塾帰りの四人に対し、素直に喜びを顔に出した。

「あれ、忘れました？　勉強するって約束しましたよ」

とエリカが切りだした。いっ子はエリカに一本取られたという顔をした。

彼女たちはいっ子にランボーを紹介した。そしていつもの駆けっこをした。

「小山さんも駆けっこはいかがかな」

乃木に勧められていっ子も走ってみた。走り慣れてないいっ子は一周して帰って来るとベンチに座り込んだ。マリーがいつの間にか自販機で水を買ってきてくれていた。いっ子は礼を言ってそれを飲み、息を整えて汗を拭いた。さすがのランボーにも疲れが出たのか水をいっぱい飲んだ。それからお菓子を食べた。

四人は防犯サイトからの画像をいっ子に見せた。

「なんということを……美人のお母さんが」

いっ子は険しい顔をした。

「知ってるんですか?」

乃木は聞いた。

「前に喫茶店で会いましたよね」

いっ子はエリカに向かって言った。

「また、詐欺の手伝いを……」

エリカは下を向いたままつぶやいた。

「それを断ったんだよ」

乃木はエリカの肩を叩き、付け足した。

「そうだったの。偉いわ」

いっ子はニコリとした。いっ子はあのときのことを思い出し、居合わせた友人のミチルと

「娘が止めなければ」と話したことを笑いながらバラした。今日のいっ子の顔は緩みっぱなしだった。

「ぎゃふんと言わせてやりたいわね」

「小山さんもそう思いますかね」

四人は無言で顔を見合わせた。

「それで彼女たちは母親を提訴したいと考えているんです」

詐欺の現場を見ていたいっ子は少し考えた。

「気持ちはわかるわ」

乃木は秀子のことが蘇っていた。秀子は坊主から二億円を取った。秀子は離婚調停に持っていかれ、坊主の思うままになっていくのが許せなかった。

「考えましょう。少し時間が経てば考えも変わると思うのです」

「そうだな」

乃木はうなずき、

「そしたら歌を聴いてもらいなさい」

菜々緒が、「せーのっ」と掛け声をかけ、『赤とんぼ』を歌い始めた。

良い音色だ。

「乃木さん、目をつぶってください」

いっ子がそっと言った。

「こうかな」

乃木は言われるまま目をつぶった。

「真っ赤な落ち葉を想像してください……できましたか」

乃木はうなずいた。

「そこに朝日が差しました。落ち葉が鮮やかでしょう」

「はい」

「冬の蛾がひらひらと舞い始めましたよ。蛾ではなく小さな白い蝶々が飛んでいると想像してください。沢山飛んでいますよ」

乃木は想像した。突然、いっ子が、

「あ、赤とんぼが……私の手に止まった」

乃木は目を開け、

「この間から、もう飛んでます」

と微笑んだ。

ランボーは赤とんぼを捕らえようとした。だがやがて赤とんぼはどこかへ飛んで行ってしまった。

いっ子は録音をするため、もう一度彼女たちに歌ってもらった。

四人のハーモニーに乃木は想像した風景が浮かんだ。

*

乃木たちは先に喫茶店に入っていた。

喫茶店はじいちゃん、ばぁちゃんで埋まっていた。新聞を読んだり、書き物をしたり、まるで窓際族の職場のようだった。そこにエリカと母親が入って来た。カウンターでコーヒーを三つ手にし、二人はガラスの衝立で仕切られた席に並んで座った。

そこは乃木が座っているところからよく見え、声も聞こえる。二人が座る前に菜々緒が場所取りをしていた。打ちあわせは手抜かりなかった。

「ほんとに綺麗な母親だな」

母親は明らかに周囲の目を引いていた。

「あの顔に憧れて整形したいと思ったこともあったんだけど」

杏子がぽつりと言った。

「違っていたか」

三人は渋い顔でうなずいた。その顔を見て乃木は笑いが出た。

ほどなくして初老の男が現れた。

「来たぞ」

母親に筋書きがあるように、エリカたちにも相手に合わせていっ子が筋書きを描いてくれていた——高校生の娘が母親を提訴したとなると、マスコミが騒がないだろうか。後味の悪い思いをしないだろうか……乃木もいっ子もそれを心配した。そこで向こうっ気の強いお姉ちゃんたちに一芝居打ってもらうことを考えたのだ。

母親がスマホを出して計算を始めた。そこで三人が出て行くようにといっ子からの指示が入っていた。

「さあ」

三人は立ち上がった。三人はエリカたちが座っているテーブルの前に立ちはだかった。エリカに向かって菜々緒が、

「エリカ、まだやってるのか?」

と言った。流れを見守っている乃木は、筋書き通り、上手く運んだのでひとまず胸を撫で下ろし椅子に深く座り直した。

「あんたたちは何や」

母親の声が聞こえる。

「母親を提訴するのと違ったの？」

菜々緒の声だ。

「何の話や」

「詐欺を手伝わして、なんの話はないやろ」

杏子の声だ。老人の立ち上がるのが見えた。逃げるようにして出て行く老人に、母親は、

「ちょっと待ってよ」

菜々緒は、

「詐欺に気をつけて！」

二人の声は後ろ姿を追った。店内の客の目が一斉に逃げ去る老人に向いた。それは一瞬のことだった。三人は空いた席に座り、母親に顔を寄せた。

「おばさん、いい加減にやめんと刑務所に入りたいんか」

杏子が一発目のドスを発した。効き目があったようだ。母親は怯み、「何なんや」と声を震わせた。そこに菜々緒が紙を差し出した。

「何や、この紙は？」

母親の震えた声はまだ続いていた。

「これにサインしてくれますか？」

菜々緒が突き出した紙は念書だった。

「この二点だけやねん」

『念書』

一．　今後、エリカに詐欺の手伝いをさせません。

二．　家には男を入れません。

「おばさん、これを守らなかったら家庭裁判所が待ってるで」

母親と向かい合わせに座っていたマリーは身を乗り出して言った。菜々緒は朱印を出す。

「これに捺印と日付を。拇印でもいいで」

杏子は、

「エリカは頑張ってるんやから」

「邪魔せんといてほしいんや」

先ほどはきつく言っていたマリーが、最後には頼んだ。

「母親だったらそれぐらいのことはできるはずや」

と菜々緒が締めくくった。母親の声は聞こえなかった。

三人はエリカを思いやった。そのコンビネーションはランボーとボール投げしているような見事なものだった。母親は渋々捺印したようだ。母親はナプキンで指を拭いている。

*

――闇に哀愁を誘ったトランペットの弱い音色が響いた。八十歳のリスナーの演奏だった。映画『ひまわり』のテーマ曲が朗読のオープニング曲になっている。そのあと、いっ子の声で「小山いっ子の時間です」というタイトルコールが流れた。いっ子の朗読の時間だった。

十一月三日に渡り蝶のアサギマダラが四国徳島のフジバカマの花が咲いているところに飛来しているとの情報がありました。いつだったか、ラジオネーム「海を渡る蝶さん」のお話をしましたが、今回は海を渡ろうとしている高校生四人を紹介します。

四人は仲良しです。彼女たちは普通の家庭が羨ましいと言います。近頃の母親はどうしてなのか母性を失っているように感じます。母性に甘えることができない彼女たちは助け合って埋めています。彼女たちは少し遊び過ぎました。今まで遊んだ分、取り戻そうと力をあわせて一生懸命です。乗り切ろうとしているのに、それなのに、道を塞ごうとする力に大人の私でも折れてしまいそうです。そんなたくましい彼女たちは美しい声を授かっています。そのハーモニーをお聴きください。『赤とんぼ』です。

後日。

女の子四人の歌声が心に響いたという投稿のプリントを持って、いっ子が再び公園に現れた。そのときの四人の顔は今まで見たことのない喜びようだった。乃木の目は細くなった。投稿の中に「音楽コンクールに出てみればどうでしょう。もし希望するのならば、私でよければ指導できますよ」というものがあった。彼女たちは希望の光が差したようで、どんでん返しが起きたようなものだった。

あの日のいっ子は彼女たちが歌い終わった続きに、こんなことを言った。

「諦めないで、誰かが、どこかで、しっかりした目で見てくれています」

乃木は自分の歩んできた道のりに、その語りは救われた思いがしたのだった。

四人の笑顔がいっ子に向いた。

「小山さん、ぜひ、その申し出をお受けできませんかな」

乃木が四人の気持ちを代弁して言った。

「わかりました。早速、その方に連絡してみます」

そういう訳で彼女たちは忙しくなった。ランボーは駆けっこの時間が短くなって不満だった。

＊

十二月二十五日の朝刊を広げていた乃木は四人の記事を切り抜いた。

「これから彼女たちの活躍をスクラップしてやらねばな。彼女たちの努力なんだ」

乃木はランボーに言った。

「前途洋々の彼女たちに……これから思いがけぬことがいつ、どこで、何が、起こるかわからん……落とし穴はあるものだ。そのとき少しでも、慰めになったり、取る行動を助けてくれたり……これは価値あるものになるんだよ」

乃木はスクラップをしながらランボーに言った。ランボーは乃木の目を見つめ尻尾を振った。

夕方になり、いつもより早く乃木はランボーと公園に行ったのだが彼女たちはもう来ていた。

「じいちゃん、新聞見てくれた?」

四人はめいめいに、

「嬉しい！　ありがとう」

と声を弾ませた。乃木は、

「小山さんが今週の月曜は四人のことを朗読してくれるそうだよ」

いっ子が言ったことを話した。菜々緒が、

「ラジオ局にはお礼の投稿をみんなで書きました」

「そうか、そうか」

乃木は緩んだ顔で四人を見渡しうなずいた。喜びがこぼれている乃木に、さらに、菜々緒がクリスマスプレゼントを差し出した。

「開けてもいいかな?」

嬉しさで乃木の声は涙声だ。

四人は笑顔で、

「うん」

その笑顔は乃木の涙を包みこんだ。四人は乃木が紐を解く手に目をやった。

音符をデザインしたキーホルダーだった。ランボーの分も入っていた。

「いつも一緒だよ」

エリカが言った。四人はそれぞれのキーホルダーを取り出して見せた。お揃いだった。

「みんなと一緒か、嬉しいよ」

乃木は礼を言って、早速ランボーの首輪につけてやった。

彼女たちはクリスマスソングを夕暮れの空に響かせ帰って行ったのだった。

今日の星座の光は遠くにある。

乃木は天体望遠鏡を覗いた。乃木はランボーが側にいるか確かめた。ランボーは眠りの中だ。ランボーに、「星に帰らないでくれよ」と囁いた。

完

〈著者紹介〉
福尾 峯玉（ふくお ほうぎょく）
兵庫県出身。同県在住。
短大服飾科卒業。

JASRAC 出 2008951-001

海《うみ》を渡《わた》る蝶《ちょう》のように

2020年11月10日 第1刷発行

著　者　　福尾 峯玉
発行人　　久保田貴幸

発行元　　株式会社 幻冬舎メディアコンサルティング
〒151-0051 東京都渋谷区千駄ヶ谷4-9-7
電話 03-5411-6440（編集）

発売元　　株式会社 幻冬舎
〒151-0051 東京都渋谷区千駄ヶ谷4-9-7
電話 03-5411-6222（営業）

印刷・製本　シナジーコミュニケーションズ株式会社

装　丁　　杉本萌恵

検印廃止

Printed in Japan
ISBN 978-4-344-93150-3 C0093
幻冬舎メディアコンサルティングHP
http://www.gentosha-mc.com/